遠去的風景，
眼前的你。

余光中
2016.12.27

僅以此書獻給一代宗師余光中先生

目錄

作者和劉再復教授

劉再復：1941年出生于福建省南安縣。曾任中國社會科學院文學研究所所長、中國作家協會理事。1989年移居美國，先後在芝加哥大學、科羅拉多大學等多所院校擔任客座教授和訪問學者。現任美國科羅拉多大學客座研究員、香港城市大學中國文化研究中心名譽教授、台灣中央大學客座教授。

木子《遠去的風景眼前的你》序

劉再復

二零一六年我去公開大學與莫言對話時，率先講述了莫言成功的三個原因：一是書本的澤溉；二是大地的滋養；三是個人的氣象。其實，所有的成功者，包括木子，之所以能從世俗人變成今日的詩人、學人和作家，也全仰仗這三者。

木子好學深思，我早有所聞，但她酷愛旅行，知行都很傾心，善用好奇的眼睛和聰慧的頭腦面對人間景色，則是讀了她散文集《遠去的風景眼前的你》才知道的。

《遠去的風景眼前的你》是一部遊記，一部穿越克什米爾、阿拉伯沙漠、埃及金字塔，從東方到西方的詩情登覽集。無論是在印度的泰姬陵前，還是在埃及的金字塔下，木子都打開孩子的眼睛和展開詩意的思索。大地用苦難滋養莫言，而用靈氣滋養木子。無論是走到哪個天涯海角，哪個山邊河岸，木子都把那裏的景色人性化，個性化，甚至是木子心靈化。因為是人性化，心靈化的山光水色人情，所以讓我們羡慕不已，思索不盡，覺得眼前那個寫作者，那個木子，本質上是個詩人，一個詩意綿綿的旅行家。

近幾年，我在香港科技大學人文學院講課時，曾誇下海口，說自己閱讀一部作品，只要讀上三、四十頁，便可把握其脉搏和判斷其水平。因為我的文學鑒賞與文學批評，很重語言的美感。語言美了，就讀下去；語言粗糙或粗俗，就讀不下去。這固然有全息論（因一滴水而知大海）的味道，但更為根本的是，我把語言之美視為文學第一要義（儘管我不籠統地使用文學即語言藝術的定義）。

從某種意義上說，我覺得文字水平便是文學

水平。五四運動，乃是「文字奉還」的運動，即把文言變作白話奉還給底層的千百萬大眾，使文學為廣大人民所擁有，這是功勞。然而，也因此，文學的門檻變低了。白話門檻誰都可以踏進，誰都可以寫詩作文，作家們受其影響，也缺乏語言的美感意識。文學變成粗俗貨色。我不受潮流影響，仍然把文字之美、句子之美作為審視文學的第一準則。不僅注重文句，而且注重文眼、文體、文心。也許因為這個緣故，所以我很喜歡木子的遊記散文，她的句子真美！她崇尚余光中先生，大約也是崇尚余先生的詩歌語言之美吧。

我本想摘抄木子遊記中一些美辭美句給大家分享，但生怕自己陷入累贅。所以就選一段她在印度泰姬陵遊記：

在我眼中，泰姬陵(TajMahal)是一顆多情皇帝遺落在世上的眼淚。晶瑩剔透，哀傷地哭訴着愛情的消失和親情的淪落。千年的悲傷凝結成潔白的大理石，洞視着世間千瘡百孔的感情。一個曾經呼風喚雨的男人，最終無法和死神爭奪自己心愛的女人。他為她耗盡國力和心力建築泰姬陵。這樣的男人，感情一定深厚和執着。可到後來，偏偏敗在親情手上，兒子篡位之後，他被軟禁在阿格拉宮，遠遠地眺望泰姬陵，直至終老。人間的悲情不過如此，貴為皇帝也無法和命運抗衡。

（《愛情之墓》）

還想抄引下去，但想到木子集子處處都是美辭美句美文，只好留着給讀者自己去欣賞。在美文之前，我想說的是，木子是個滿腹詩情、好奇的孩子，她的文章有思想，但不是哲人；有文采，但不是文人；有感悟，但不是禪者；有才華，但很低調。

「你也許不會愛她，但一輩子不會忘記她。」（木子語）她的文章將永遠牽動你的記憶，你的

詩情，你的思戀。一個好作家，她的至情文筆，
不就是這種奇異的效果嗎？

清水灣香港科技大學
二零一九年五月

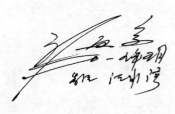

當夢想照進旅途時，
讓我們一起開啟我們的探索時空

一個人在路上，任由太陽的光芒把自己的影子拉長。身體在塵埃中飛揚，帶着書、音樂，還有自己的心。猶如魚兒洄游，候鳥遷飛，植物的種子隨着風兒在空中舞動。在動物的基因中，有一種生命的本能，叫做旅行。

因為喜歡這個奇妙的世界，所以經常到處走走。人在路上，心是飛揚的。看着萬物，聆聽山水，大自然賦予地球的一切，都讓我彌足珍惜。旅行是一種向外追求、探索的過程。在陌生的土地上聽着不同的語言，看着不一樣的風景，隱藏於深層的生命力被激活。在路上，因為孤獨、寂寞、或多或少的擔心，因為前路有太多的未知，這種向外求的過程變成了向內尋的思索。那一個馳騁在自己的腳步和頭腦中，探索、追尋、觸及所有未知的自己。因此，每次旅行，心就變成了裝着滿滿思緒的行李箱。

旅行還是一種幫助自我成長的過程。思想逐漸在旅途中變得成熟，待人接物、為人處世無不如是。中國傳統思想中的天人合一，講究的就是自然境界和內心的融合。我們想要什麼？我們關心什麼？我們面對的是什麼？這麼多類似哲學的大課題，旅行或多或少總會給出一些答案。

旅行需要時間和金錢，需要良好的體力和敏銳的洞察力。這種向外走，向內尋的過程需要一次次的出去和歸來。出去為了更好的瞭解世界，歸來為了更好地完善自我。而這種來來回回的生態現象，會讓人在無形中加深對生命的理解，形成一種力量，令自己前進，令自己倍加珍惜生命所賦予的點滴。這種力量確確實實存在着，這種力量就叫旅行。

就我而言，旅行是每次努力工作和學習後的甜品，是對自己的一種獎賞，也是讓自己離開熟悉的城市，在陌生環境中，激發內在本能的一種方法。見過廣闊天地、路過萬物眾生之後，開始面對自己、了解自己，了解自己所生活的地球、了解太陽下面那麼多不同的人、不同的生活方式——認識自己，最終決定，要成為怎樣的自己。

《遠去的風景眼前的你》是我在不同國家和地區的所見所聞，所思所悟。是一本遊記、一本散文集，更是心靈和外界環境碰撞後所產生的思想火花。你的閱讀，對我來說，是一次嶄新的旅途。白紙黑字中，你看到的不僅是我，還有你自己，我親愛的朋友。因為和你在一起，生命開始變化，無窮無盡。我們的影子在太陽下重疊、拉長、交集、變化。我們一起探索旅途、生命、生存的意義，還有靈魂深處的渴望，現實和夢想的撞擊。因為有你，一切都變得迥然不同。

《遠去的風景眼前的你》是萬物消失後的存在。流水的光陰會帶走許多依依不捨的人和事，也會給我們留下無比美好的回憶。美妙的情感在腦海中即使短暫，但偶爾還會不期然地浮現於眼前。時光飛逝，浮光掠影，我們都應好好珍惜眼前、細細品味生命帶給我們的一切。

我要感謝國學大師余光中教授賜墨寶題寫書名，國際著名學者劉再復教授為拙文寫序。承蒙器重，內心忐忑，唯恐文字蒼白，辜負大師愛護。戰戰兢兢之餘，想着寫作和旅行有着異曲同工之妙處——認識自己，最終決定，要成為怎樣的自己。

《遠去的風景眼前的你》內容涵蓋歷史軌跡、風土人情、文化藝術、地理環境、宗教名勝等等。文字獨立成篇，適合喜歡文學和旅行，探索宇宙萬物和內在自我的大朋友和小朋友。《遠去的風景眼前的你》分為眼前的你、遠去的風景、給王子三部分。在此，我要感謝為此書寫評、題字、配畫、校對、給意見的老師們，他們是：香港文學促進會執行會長張繼春先生、香港作家聯會理事唐至量先生、我的三位恩師：葉榮枝教授、朱國能教授、李默老師以及邊小嶸女士、葉玄辰先生、羅浩珈先生、德文先生、劉思展先生還有那些為我加油給力的專家學者，這些和我一起在文學之旅共同探索的良師益友，是我的明燈，是他們的鼓勵、支持和幫助使得我筆耕不輟，不斷前行。當然，還要感謝香港藝術發展局全力支持，讓此書有機會和大家見面。

當夢想照進旅途時，讓我們一起開啟我們的探索時空。

作者和余光中教授

余光中：當代著名作家、詩人、學者、翻譯家。1928年生於中國江蘇南京。1950年到台灣，1952年畢業于台灣大學外文系。1954年與覃子豪等創立藍星詩社，1958年赴美進修，參加愛荷華大學寫作班，獲藝術碩士學位，返台後先後任教于國立師範大學、國立政治大學、香港中文大學及國立中山大學等。

遠去的風景眼前的你

遠方有詩

二零一六年十一月二十日，我和前臺灣靜宜大學朱國能教授在香港城市大學中餐廳晚餐，席間還有香港著名作家，文化評論家李默老師和其他幾個圈中文人。一開始，大家衹是閑話家常，說一些文學軼事。後來李默老師說起她和國學大師余光中教授之間「乾學生」之典故。朱國能教授說到他和恩師余光中教授的情誼和文學互動。他們幾個都是教書出身，說起話來眉飛色舞。余光中這個響噹噹的名字除了在我耳朵邊不斷震蕩之外，還引來鄰桌食客的目光。是啊！這樣頂尖級的文學大師在象牙塔食堂中，從白紙黑字的教科書中走到飯桌邊，任誰都會心生仰慕，為之傾心吧！

華文世界，又有誰不知道一代宗師——余光中教授呢？又有誰沒讀過《鄉愁》？前中國國務院總理溫家寶先生訪問美國在紐約會見華僑時，脫口而出援引了：「淺淺的海峽，國之大殤，鄉之深愁」。又有誰沒有在《聽聽那冷雨》淅瀝淅瀝淅瀝的雨聲中走入杏花春雨江南，跟隨安東尼奧尼的鏡頭搖過去又搖過來。我特別偏愛那首一片大陸，算不算你的國？
一個島，算不算你的家？
一眨眼，算不算少年？
一輩子，算不算永遠？
答案啊答案 在茫茫的風裏

——余光中

《江湖上》，這首在民國五十九年於丹佛書寫的詩，幾乎可以涵蓋人間所有的風霜雨露。摘錄如下：

……

有日，我去友人家做客，在他的書櫃裏看到一本天下出版社的《余光中幽默文選》。也不管友人在一旁高談闊論，我則坐在一角享受着「余式幽默」，那真是妙趣橫生的文字，幾乎篇篇絕妙好辭，令人驚嘆連連、拍案叫絕。這樣幽默、詼諧的文字，除了錢鍾書先生，我是想不到第三個了。有一篇叫《開你個大頭會》，摘錄如下：

其實場內的枯坐久撐，也不是全然不可排遣的。萬物靜觀，皆成妙趣，觀人若能入妙，更饒奇趣。我終於發現，那位主席對自己的袖子有一種，應該是不自覺的，緊張心結，總覺得那袖口妨礙了他，所以每隔十分鐘左右，會忍不住突兀地把雙臂朝前猛一伸直，使手腕暫解長袖之束。那動作突發突收，敢說同事們都視而不見。我把這獨得之秘傳授給一位近鄰，倆人便興奮地等待，看究竟幾分鐘之後主席會再發作一次。那近鄰觀出了癮來，精神陡增，以後竟然迫不及待，祇等下一次開會快來。

先生肯定是個可愛的、有生活趣味的人，一個智者才會把生活中的瑣碎寫得如此妙趣橫生。後來，我也沿用這種「余式開會觀人法」獨樂樂地開了很多次大頭會。

二零一六年十一月二十三日，我懷着見賢思齊的渴望，請求朱國能教授引路，在他回台灣時，安排我拜見余光中教授。朱老師二話沒説地答應了。其後，我才知道本來他準備二十三號回香港，為了這次拜訪改動並延後了時間。其間，因為朱老師找不到電話號碼，還麻煩到在深圳隱居的前香港中文大學黃維樑教授。

緣子有福

二零一六年十二月二十七日下午三時，我跟隨恩師朱國能教授前往台灣高雄探訪文學大師余光中教授。朱老師說，那時先生已不見客，平時衹會會老朋友，陪陪家裏人。先生家住在高雄愛河附近一幢巧克力顏色的大廈裏。去時，門口登記處已有我們的名字，我拿香港駕駛證做了抵押換了電梯鑰匙上樓。順手在腦中畫了一幅圖：巧克力房子邊有個皇家衛兵式的巧克力門衛，戴着高高的帽子守護着先生。現在，我知道為何巧克力的味覺想像會如此濃郁和清晰，也知道自己的白日夢在遠去的風景中，成了記憶那端的甜蜜回憶。

那天，他們說了很多文壇趣事和兩岸三地文化比較。他們的話風趣幽默、引經據典，簡直是一堂寶貴的文史課。我在一旁雖然衹有聽的份，但卻感到幸福無比。朱老師把《亞洲周刊》上刊有先生的文章請他過目，先生打趣地說：「那時後生好多。」說的是廣東話，先生究竟是時時念着香港的。

我們在寬大的工作檯邊一起讀詩，一句一句的，用手指着，認真地讀。先生領讀，我們跟着，陽光斜斜在白色的桌子上放慢了脚步，詩的聲音在時空中開着燦爛的花。在那張木桌子上，先生一筆一畫為我的散文集《遠去的風景眼前的你》題寫書名。我從小讀先生的詩，仰望先生多年，而這一刻，在真實的時間裏，坐在先生身邊，看着黑色的筆墨劃過白色的紙頭，一筆一畫都是先生的關愛。先生對晚輩的提攜是那麼的真摯、熱誠、毫不做作、沒有絲毫大師的架子，我為之感動，並將這份甜蜜的愛護小心存於心間。

席間有風，先生冷了，我扶他走回臥室拿

外套，幫他披上。他的手好細、身體有點輕。我莫名心疼，小心翼翼怕弄傷了他。那天，先生和師母病未痊愈，都有點咳嗽，我把自己已經吃了一點的八仙果雙手遞上。先生不嫌棄，打開就吃，一邊說這個好，一邊吩咐師母把他的新書《粉絲和知音》送給我們。我陪師母去樓上書房拿書，師母說書房是重地。說的是上海話，因為同說上海話，我和師母就多了一份他鄉遇故人的親近。

先生的書房，四面墻，天連地的書櫃一字排開。地上也堆着密密麻麻的書。那天陽光燦爛，窗前的書桌上，攤開着寫了一半的手稿。手稿上是先生工工整整的字，沒有任何修改的痕跡，水墨的顏色，一幅精緻的畫。窗外有風，窗前有花，陽光下書桌上的小花搖頭晃腦，讀詩的樣子。

先生家中的書房和我在媒體照片上看到先生在各家大學的「書災」情況很不一樣，書房被整理得乾乾淨淨、整整齊齊。師母說，先生還是每天有計劃的寫作，說要自己選編詩稿。

有一幅畫，掛在工作檯一邊的牆上。麥穗上的大月亮。天空是深藍色的，金色的麥穗上有着比例並不協調的圓月，突兀的大、明晃晃的閃，撕下又被貼上去的感覺。先生用月亮作為意象的詩並不少見，且多以圓月帶出對故國家鄉的思念，不知是否和此畫有關。我忍住沒問，不敢打斷老師的談話。先生正在逐本簽名，寫下留念。現在再看留念兩字，傷感至極。

我的視線被冰箱上的另一幅畫吸引。穿着白色婚紗的女子輕搖小扇，紫紅色禮服的新郎吻着新娘，而他們正斜斜地坐在一隻肥大的像公雞一樣的尖嘴鳥身上。這是畫出來的詩，跳躍和魔幻的筆，江湖風浪在冰箱上演繹着《蓮的聯想》。之後，摺扇作為意象，被我寫成微型小說《扇子》收入在小說集《開到荼蘼》中。而這隻似鳥似雞的飛禽，也一直在我的腦海中翺翔。初時以為是杜鵑，先生在《夜讀東坡》用杜鵑鳥鳴帶出離別故國的傷感。後來再想，鄉愁詩和這幅掛在冰箱上的畫出現的時間和情感都不吻合。時至一年後此時，說來也不得不相信一些巧合，我的一位師兄在香港中央圖書館做學問，偶爾看到《今日世界》555 期中先生寫的《花鳥》，這篇寫於一九七七年五月又被師兄拍下傳出來的散文，破解了我的疑惑，原來是尖嘴的鸚鵡，靈性、聰明而又善解人意。

我們送給先生的禮物是中國茶葉、香港點心和一個充滿書卷氣，叫做杯緣子的人偶。那個杯緣子本是用來壓泡面紙的日用品，被做成端莊文雅的模樣。我知道可以這樣面對面親近大師的機緣並不多，如果用另一種方式存在着，寄居在杯緣子中的自己，坐在書堆上陪先生寫作，成為先生的入室弟子，那就太美好了。我因為常看先生的文章，知道先生是極有趣之人，才大着膽子把這樣可愛的禮物送給先生，也知道先生一定會喜歡。果然如此，先生收到，很驚喜，開懷地笑。杯緣子就是一輩子的緣。緣子有福，一直陪伴着先生。

方寸之心

二零一七年十月，我住在高雄愛河邊的一家小酒店裏。那個城市有着一分慵懶和安靜，和香港的緊張、忙碌完全不同。台灣是我一累就想跑去透氣的地方。有着莫名的親近。我對先生和師母的感情就是這樣，自然而然想去親近，總覺得家中有老人住在那座巧克力房子中，到了台灣就想去看望他們。先生寫過：

「世界上高級的人很多，有趣的人也很多，又高級又有趣的人卻少之又少。高級的人使人尊敬，有趣的人使人喜歡，又高級又有趣的人，使人敬而不畏，親而不狎，交接愈久，芬芳愈醇。」先生和師母就是那種又高級又有趣的人。我打了電話給師母，是他們的女兒余小姐聽的，我留了口訊問十月八號是否方便拜見。次日再打去，師母接的，聲音輕柔，聽得出言語中的歡喜，說：

「歡迎歡迎！」

再次相見時，十個月前的那個巧克力門衛，已認出了我的駕駛證。而客廳中的先生變得更瘦了，但感覺比十個月前精神。這次因為是單獨拜見，所以客廳裏衹有先生、師母和我。我把自己的小說《開到荼蘼》呈送給先生，告訴先生，是他的「乾學生」李默老師寫的序。先生的記憶力驚人的好，說話不急不徐、條理分明，念叨起舊時情，如數家珍，說着一個個香港文人的名字。這些人中有的我認得、有的仰慕已久、有的如雷貫耳，先生說都是舊識。有時先生說錯了名字或者記錯了時間、事件，師母就在一邊糾正。有時先生言語中稍許激烈，師母就一句話輕輕帶過。師母婉約如蘭，氣質高貴，被先生稱為「敏感的動物和精緻的靈魂。」張曉風的《護井人》寫的是余師母，早幾年看過。機緣下，和師母通過幾次電話，面對面相談，才知道「護井人」的稱謂對師母是最恰當不過了。我眼中的師母就是那個為先生在江湖上護航的天使，溫柔善良、機智聰穎。

先生是那種平易近人、親切和藹、不端架子的學者，對我這個徒孫輩的學生像家中小孩一樣呵護。那個長長的下午，我們在一起喝了很多茶，說了很多話。兩位老人說起從電視上看到的一些香港新聞，問及香港近況、政府的措施、民衆的想法、兩岸之間的交流、討論的空間等，他對香港的關愛表露無遺，先生再三說，在香港的日子，是他一生中最安定最自在的時期，「生命的棋子落到一個最靜觀的位置。」那段時間也是先生創作的高峰期。

先生七、八十年代在香港中文大學任教，期間他創作了大量膾炙人口的香港地景文學名作。我因為工作和愛好，拜讀了不少。寫大埔的有《船灣堤上望中大》、《不忍開燈的緣故》，寫飛鵝山的有《飛鵝山頂》，寫沙田的有《沙田之秋》《沙田山居》等等。其中寫中大生活的《牛蛙記》，我看時覺得有趣。請教先生，先生繪聲繪色地現場解說了一次，我更覺得先生是「一個敏銳的心靈，在精神飽滿生趣洋溢的自然流露。」
後來，我在朱老師的珍藏照片中見到一九七七年的先生。朱老師、蔣芸老師和英姿颯爽的先生，在香港粉嶺浸會園文學生活營地前的留影。關於合影中那件帥氣十足的衣服，我請教了一位時髦的師姐。她說那是七十年代文青非常愛穿的記者服，前面的大口袋用來放筆和速記本的。

我想，先生對我，正如當時對一個中學生所舉辦的文藝活動一樣，祇要和文化有關的事和人，祇要他能力所能及，他都會鼎力支持。先生的深情和至誠，時時可見。在這個溫暖的午後，「我也是香港人」這句話，先生前後講了好幾次。先生記得我是教科書編輯，說這是一份神聖的職業。鼓勵我好好工作、認真創作。先生和我一起討論台灣和香港教科書面臨的問題。他再三強調：「如果把文言拋掉不用，我們就會變成沒有記憶的民族，也將成為歷史的千古罪人。」先生博古通今，這些嚴肅的話題，在他的帶動下變得風趣而不沉悶。這樣的閑話家常，讓人舒服、輕鬆，又從中得到意想不到的領悟、筆墨不能言傳的收穫。

中文大學的宿舍、吐露港的風情、荷李活道

上的玉石店，香港的點滴都有先生的記憶。之後，因為師母的玉石收藏快要展出了，話題又從文學聊到了玉石和瓷器。兩位老人還介紹了幾部電視劇給我看，說都是一些很認真的作品，他們每天吃完飯就會看一集。讓我有空也看看。

二零一七年十月八日，我和余光中教授、師母在余宅合影。那天先生精神很好，拍照時還舉起大拇指，笑着對我說：「給你一個讚。」我兩點去，六點離開。兩位老人和我足足聊天四小時，臨別已黃昏，師母扶着先生，先生拄着拐杖，送我到電梯口。說謝謝我去看他們，還囑我下次再去。電梯門開，我和先生永遠分別在時空之外。不以善小而不為，先生對晚輩的關愛點滴可見，回想起來，依然感動。我雖涓小如溪，有緣匯流於大河，帶着巧克力的甜蜜在愛河邊，在《太陽點兵》的高雄，在時空之內，永遠永遠地記念。

遠去的風景眼前的你

二零一七年十二月十四日，一代宗師余光中先生逝世。消息傳來，錐心之痛久久不能平息。

十月拜見，先生雖年事已高，但席間談笑風趣，精神也見爽朗，沒想到一別之後已是天上人間。

悼文寫得極慢，寫寫、停停、想想。人和事皆有因緣，我有緣一年中兩次拜見師公，親耳聆聽教誨是福份。先生如此大師級的人物，對徒孫輩肯花一個下午的時間教導，和那些曾經參加文學生活營的中學生，以及所有我知道或者不知道受教、追隨先生的學生一樣，先生對學生和晚輩關愛、對文化和教育的熱誠，毫不計較的付出，都源自先生的赤誠之心。

先生的「五采筆」早已出神入化，不用我說。而我想記錄的，是我眼中的一代宗師溫文儒雅，待人以真、以誠、以善良。方寸之心，如海納百川。讓我感謝所有遇到。雖不能再見，但那留在電梯外的笑臉、留在照片上的讚、留在耳邊的教導，還有那縷斜斜照在工作檯上的光影，我都記得。風景遠去，祇要想起，都會記得。

「人生有許多事情，正如船後的波紋，總是過後才覺得美的。」

我用怎樣的書寫

才能解我的哀傷

我用怎樣的眼淚

才能祭我的情思

答案啊答案

在茫茫的風裏

——木子小姐

給阿里巴巴

一隻黑貓穿過的時候，天空已披上晚霞。

神話／卡塔爾多哈

前往埃及，途徑卡塔爾（ThestateofQatar）多哈機場的時間是二零零九年四月的一個清晨。五點光景，天已光亮，暖暖的風帶着我第一次踏足中東國家。西亞、海灣國家、阿拉伯世界，聽起來遙遠又神秘，有着難以觸及的意味，心不由得蕩漾起來。機場內大大小小的指示牌上，彎彎曲曲地爬着很多蛇形文字，如果不去看旁邊的英文，確實不知道在寫什麼。過關的人群裏有不少阿拉伯女子。她們的睫毛又長又翹，眼睛大、眼珠黑，鼻樑筆挺，輪廓分明。全身披着布爾卡（burka），頭也嚴嚴實實地包起來，祇露出美麗的大眼睛。黑色布爾卡包裹着誘人的胴體，飄散着濃郁的香味。各種不同的香氣在出入境冰冷的空間中，留下一長串百花的氣息，讓我不禁想起了《一千零一夜》中機智、美麗的山魯佐德，她講的故事不但讓國王如痴如醉，更成為許多人童年必聽的故事。如果生活在現代，她肯定能夠成為比 J.K 羅琳更厲害的暢銷書作家。而我也因為這個莫名奇妙的聯想，變得興奮，這才是我想要的旅程，一切在好奇中，從什麼都不知道開始。

多哈旅遊局為轉機的過境遊客提供了多哈城市半日遊，讓遊客可以走馬觀花般領略一下這個神秘的海灣國家。旅遊車一路駛來，美麗的海濱大道讓人完全感覺不到這裏是沙漠。大道中間是寬闊的綠地，一隻貓在綠茵茵的草坪上走過，昂首挺胸在盛開的鮮花和高大的椰棗樹間。阿拉伯風格大圓頂式圍牆在花樹間出沒，組成了波斯灣國家特有的風情。途中一組毫不起眼的平房建築出現在路邊，如果不是導遊用神秘的語氣指出，誰也不會想到鐵絲電網後面的破舊平房就是抗衡西方強勢媒體霸權的重要陣地，以反獨裁而出名的半島電視台。「九一一」事件之後，半島電視台以多次率先播出拉登的錄像揚名全球。

旅遊車在波斯灣珍珠廣場前停下，我挨着婆娑的椰棗樹，深深呼吸着海邊清新的空氣。那是早上八點左右，陽光在波斯灣的海面上撒了一把金子。在阿拉伯語中，卡塔爾有着雨滴和水滴的意思。而這個位於西亞阿拉伯東北部的小國家，從地圖上看，形狀猶如滴進大海的一滴水珠。海面平靜，偶有幾隻水鳥從海灣滑過。海灣對岸，是一排極具現代感的高層建築。內側則相鄰卡塔爾政府機構。馬路上一輛接一輛的名車：法拉利、保時捷、阿斯頓馬丁、瑪莎拉蒂等牌子隨處可見。可見地下石油讓這個彈丸小國點石成金。海濱大道上遊人稀稀落落，偶爾擦身而過的男人，穿着白色的迪沙沙(Dishdasha)，長及腳踝的長袖袍子隨着風飄啊飄。海岸線很長，在視覺盡頭像水滴一樣彎彎地落下。海風輕拂，棕櫚微搖，我站在那裏，用生命中兩三分鐘的時間，看着異國的海。

一隻黑貓在卡塔爾最出名的瓦齊福集市(Souk Waqif)穿過的時候，天空已披上晚霞。這些阿拉伯風格的房屋群在紅色天空的映襯下，變成了一組黑色的剪影。縱橫密布的走道構成了一座天然的迷宮。傳統的中東服飾、兩頭翹起的鞋子、阿拉伯地毯、大大小小的水煙壺、各式各樣的香料……所有的小商鋪都在同一個連綿的屋檐下做着不同的買賣。狹長的橫街上有許多賣香料的小商鋪。空氣中沉浮着異香，厚重並且凝固，讓人恍恍惚惚的。偶爾有披着布爾卡的中東女子走過，面紗後面隱約可以瞥見精緻的五官。男人們穿着迪沙沙，悠閑地坐在咖啡館抽着水煙，喝着阿拉伯咖啡，看着遊客微微地笑，毫不介意地為遊客充當模特。這是一座屬於中東歷史久遠的集市，和許多旅遊景點一樣，是一座翻新了的舊集市，專做遊客生意的地方。新瓶裝着陳酒，陳酒在瓶中搖晃。

它的過去是座神秘的王國。在這些土黃色高墻建築的迷宮群裏，在無數花白鴿子發出咕咕叫聲的橫樑下，在一隻黑貓做着街頭霸王的時候。美麗聰明的馬爾基娜蒙着面紗在每一個房門前穿梭，用紅色的筆畫下相同的記號。「芝麻，芝麻，開門吧！」阿里巴巴不停地進出寶洞。要知道，養四個老婆真的需要很多很多的寶藏。直到現在，卡塔爾還是和所有伊斯蘭國家一樣實行一夫多妻制，男人可以同時擁有四個老婆，享受齊人之福。不知道，這是不是屬於男人的神話。

飛往開羅／埃及開羅

從多哈飛往開羅需要四個小時，我在機上小睡了一覺。睜開眼睛的時候，耀眼的陽光正從舷窗外射進來。透過舷窗向外看，窗外白雲下是一大片廣闊的沙漠。沙漠有着美麗的波紋，波紋像樹葉的脈絡有序地排列着，幾張大的黃葉重疊在一起，交錯、纏綿、彼此覆蓋着。沙漠的顏色並不單調，金黃、米黃、土黃，色澤清晰又互相交融。或偏紅、或偏黃、或偏金，層次分明，形成了山川一樣高高低低的線條。我曾經見過有人跪在海邊親吻大海，猶如親吻夢中的情人。而此時，對我一個從沒見過沙漠的女子來說，也正匆匆趕赴一場夢中的約會，有着親吻沙漠的衝動。

飛機開始下滑。我把自己想像成一隻沙漠中孤單飛行的獵鷹，用銳利的眼睛捕捉食物。目光所及之處，沒有任何生命的跡象。我讓荒沙擦過我的翅膀，在百般苦難中尋求生命的水源。突然，我看到了城市，一座在沙漠中的城市，一座和沙漠一樣顏色的城市。開羅。我俯衝了下去，拉開了埃及之約的帷幕。

開羅機場附近的道路整齊，次序井然。一路

駛來，數不勝數的清真寺以及寺頂上高聳入雲的宣禮塔隨處可見。寺廟的四周，不知名的小花在酷熱的太陽下低垂着頭。旅遊車在千塔之城中穿梭，盡情享受着伊斯蘭建築藝術帶來的獨特風情。路上的行人不多。男人們都長着卷曲的頭髮，自然形成了一個空氣層，起到保護頭部不受太陽直射的作用。黑黑短短的一個個小問號長在頭上，連同巧克力色的皮膚在陽光的照射下，融化出膩膩的一層金亮。道路兩旁有綠樹，樹蔭下，穿着花裙的回教女子是一朵朵會走路的花。也包着頭，用的是白色或是彩色的頭巾，遠遠看去五官接近完美。同樣是回教國家，開羅和多哈這兩個城市的居民在穿着上有明顯的區別。在開羅可以見到不同顏色的衣服，在多哈衹有黑和白兩種顏色。穿校服的小孩嘻嘻哈哈的在黃色泥磚屋前打打鬧鬧，貓躲在陰涼處搖尾巴。這裏的屋子很特別，原始的泥磚不加任何修飾的裸露在外面。讓人以為這屋子沒造好？或者是沒人居住？可是分明又有幾件衣服、幾條裙子、幾張床單在窗戶前有氣無力地苦苦抗拒着猛烈的陽光。

越近市區，路面上的交通情況也就越發複雜。馬路上的出租車，看上去好像是從廢車堆裏開出來的一樣。凹凸不平、油漆斑駁的車身，毫無顧忌的在大街小巷中飛馳。一副「誰敢撞我？」的樣子。出租車的車頂是用來擺放行李的，用繩子胡亂地綁着大大小小的行李，行李就隨着車速的快慢左右搖晃起來。好像胖子身上穿着吊帶褲，鬆鬆垮垮的，任別人為他膽戰心驚。

小巴超載嚴重，每扇窗子裏都擠出很多人頭，連門也關不上。賣票的站在車門口。不知他怎麼會知道誰要上車了，車子開始減速，要上車的人把手伸給賣票的，賣票的輕輕一拉，要上車的人就上了車。而且，還給塞進早已經擁擠不堪的小巴裏。下車也是一樣，車子減速但不是停下來，下車的人就自己跳下去。他們的動作非常靈敏，車和人的配合簡直是天衣無縫。我看得目瞪口呆，忍不住地拍了幾張照片。賣票的看見了，向我揮手，大叫：「one dollar」「one dollar」（一元美金）「one dollar」是埃及人人會說的外國語，買東西、要小費、有事沒事伸手要錢，「one dollar」出現在埃及之旅中的每一天。

給自己

這是我去埃及之前，網上搜索到的一張圖片，拍攝時間是一九六二年。打印後，將其塞在旅遊筆記中。二零零九年四月七日，當我站在金字塔前面，撫摸着這四千年之前的大石頭。所有的思緒都在那一刻停頓。金字塔高高地聳立在廣漠的沙漠上，陽光下閃耀着神秘的光芒。所見的一幕和四十七年前的老相片完全一樣，心中除了強烈的震撼，就是很長時間的空白。

——寫給在金字塔前一個小時的自己

一男子騎着駱駝從埃及開羅近郊的吉薩金字塔附近經過

金字塔前的一小時∖埃及開羅

打開窗，在開羅一家不知名的小酒店，在一個有着淺淺涼意的清晨，金字塔的一角隨着窗簾拉啟，隱約出現在城市邊際。在此之前，我一直以為金字塔座落在沙漠中央，那裏應該有着大漠狼煙、有着貝都因騎士驍勇彪悍的背影、有着穿越沙漠的駝隊和揮之不去的駝鈴聲。沒想到，它居然出現在遠遠的樓房背後。這不免讓我驚訝並感慨城市發展的驚人速度。

車子穿梭在晨霧未散的城市中，高高低低地

前行着。幾十分鐘後三座金字塔在微弱的陽光裏露出輪廓，一切開始真實和清晰起來。旅遊車駛入沙海，開始慢慢靠近金字塔。大金字塔「〇」着嘴扯開着被炮擊壞的嘴巴。和中國人嚮往永生相比，古埃及人的生死觀似乎更加豁達。他們思考生命的循環，認為太陽沉落，翌日必將再起，死亡衹是另一種新生的過渡。所以，埃及人並不懼怕死亡，因為他們認為現世衹是暫時的，來世才是永恆的。死亡是通向極樂世界的必由之路。而金字塔正是那扇死後通往永生的大門，走向天堂的階梯。

關於金字塔，歷來都有很多不解之謎。讓人迷惑之餘，也吸引了無數好奇的眼睛。二零零九年四月七日，當我真正地站在金字塔的前面，撫摸着這四千年之前的大石頭，所有的思緒都在那一刻靜止。金字塔高高地聳立在廣漠的沙漠上，陽光下閃耀着神秘的光芒。所見的一幕和四十七年前的老相片完全一樣，心中除了強烈的震撼，就是很長時間的空白。時間就這樣在金字塔的前面無聲無息的流過，人類智慧的結晶在廣闊的沙漠上傲然肅立。文字在那一刻顯得如此的無力和軟弱。空留下無數個不解之謎和空置墓穴中的長長嘆息。

沙漠裏吹來的風，帶着毫無預兆的酷熱。涼意一散，空氣就變得乾燥起來。太陽不知從哪裏竄了出來，火辣辣的，幾分鐘的功夫就把皮膚烤焦成薄餅，一碰就隱隱作痛。在太陽神——拉，強大無比的光耀下，我隨着所有好奇的目光一起排隊准備鑽進大金字塔內，親身體驗一下神秘的力量。

排隊的時候，一個法國老頭從甬道鑽了出來，「趴」的一聲撲倒在地上，臉色蒼白，他的家人將他包圍得密密實實，手足無措地大聲疾呼。

「不論是誰騷擾了法老的安寧，死神之翼將在它的頭上降臨。」法老的詛咒正在應驗？這時候，我及時地發揮了一下中國人善良的美德，運用了一下在網上學到的急救小知識，讓他的家人把背包塞在老頭的腳下，將腳抬高，讓血液快速流進大腦。讓他們散開，給老頭一點空氣。還把手中的傘給了他們，讓他們為老頭遮蔭。並且給了他們一瓶香港出產的白花油，讓他們體驗中華醫學的神奇。我的白花油是帶給自己用的，沒想到急救了一個外國老頭，看來旅行中這些看門藥是必須的。

從進入甬道開始，就必須彎腰90度，沿着斜坡一路爬上去，開始還數着步數，到後來就累到腦子裏一片空白。所有的腳臭味、汗水味、呼吸味、香水味，黃皮膚、黑皮膚、白皮膚的味道都混合在一起。甬道裏面的空氣無法流通，每個人都在無氧的狀態裏呼吸。大家都累得衹剩下喘息聲，呼哧呼哧地一直走到大金字塔的中心。裏面空空的，衹有一個石棺，多少有點兒讓人失望。還有一個暗道，據說至今無法打開。打仗似從大金字塔裏鑽出來，好好地吸了幾口空氣。睡在地上的法國老頭不見了，我的白花油也不見了。香港的白花油救了他，以後他會成白花油的粉絲。我的傘也不見了，為此，在之後的旅程中我付出了中暑的代價。中暑昏旋的時候，我一直看到那隻黑猫。牠時而瞪大綠色的眼珠，時而將自己包裹成木乃伊，時而把自己變成獅身猫面像，時而撐着我的傘跳來跳去……

當然那是之後，眼前這個建於四千七百年前的龐然大物，風吹雨淋了五千年，石方之間依然找不到可以插入一張薄紙的隙縫。我爬到旁邊的山坡上，那裏可以眺望整個 Gaza 地區，一望無垠的褐色。三個金字塔依照着獵户星座的三顆亮星的位置準確的擺放，金字塔的大小和三顆星的光亮度形成完美的正比。

二零零九年四月七日，天氣晴朗、乾燥、萬里無雲。氣溫在四十度左右。為了躲避猛烈的太陽，我躲進金字塔的陰涼處休息。一個男人走了過來，用粵語問我能不能為他拍照。我點頭。他從背包裏拿出黑框白底的女人遺照，一邊讓我不要怕，一邊説着他的故事：他們是一對勤勞的夫婦，一起努力工作、一起掙錢買樓、一起養兒育女。直到她重病在床，看着電視中的金字塔説好想去看看，他才醒悟她為了這個家庭付出了所有。他帶她來了，帶着她的遺願和天人永別的遺憾。

面對宇宙自然，人是那麼渺小。凡人也好，法老也罷，都是沙漠中的一顆小沙子，風吹沙飛，一下子的事情。

車站 前往阿斯旺的特快列車

／埃及 開羅

等候在前往阿斯旺的特快列車月臺上，我看到一個殉情的故事。我不知道這算不算故事，正如我不知道在每一個充滿相聚別離的車站上，每天發生着多少悲歡離合。

那是二零零九年的四月，我在埃及旅行。直到現在，我還能感受到太陽的灼熱殘留在皮膚上的溫度。那天，我到達車站的時候，天空已經拉上了黑幕。車站前，兩枝巨大的羅馬柱見證着世間的遷移，陪伴着昏暗的白色燈，沉靜的豎立着。

前往阿斯旺的特快列車月臺前站滿了熙熙攘攘的遊人。陌生的車站，月臺上有風，有着埃及咖啡的香味。高大的美國人大聲地說着話。短短頭髮的埃及小孩圍着大人打打鬧鬧。不遠處，有一個賣水的小賣部，兩個乾淨的日本男孩在那裏安靜地排隊。所有的一切都在忙亂中次序井然的發生着，大家各就各位地等待着火車的到來。時間開始靜止起來。一對戀人出現在月臺上，女的穿着黑袍，包着頭巾，男的穿着白袍，他們摟在一起親吻着，一副難捨難離的樣子。就這樣在大庭廣衆下的男女親密，在伊斯蘭國家實在是少見的。

火車的汽笛聲從遠處響起的時候，大大小小的行李箱開始移動，橫七豎八地衝撞了起來。黑人、白人、黃種人，背着背包，拉着小孩，大聲呼喚着夥伴的名字，為彼此不小心的碰撞咒罵着。那個姑娘焦急起來。即使在昏暗的月臺上，我也可以清楚地看到，黑色頭巾包裹着長長睫毛下的那對黑色大眼睛，那對眼睛充滿着哀傷，那樣的哀傷任誰看了都會心生憐憫，任誰看了都會難以忘記。他們彼此看了一眼，手拉手朝着火車進站的方向飛奔起來。黑袍隨着女人的奔跑向後飄動，隆起的肚子凸顯出來，她有着身孕但她還是跑得飛快。當黑袍和白袍飄起，筆直飄落在車軌上的時候，人們的尖叫聲、火車的呼嘯聲蓋過了撞擊聲。

是的，就像從來也沒有發生過這件事情一樣，火車慢慢地停下來，人們在議論和指指點點中上了火車，似乎有月臺的工作人員去處理了一下，然後火車繼續開，一切事物理所當然地隨着車輪前進着。

然而，對目睹這一切的我來說，事情開始有點不一樣了。我撿起他們留在地上的一本書，書裏夾着一張家庭照，一對夫婦和三個小孩。我看，照片上的女人肯定沒有那對悲哀的大眼睛。我猜，照片中的男人就是睡在車輪下的那個男人。

書用埃及文字書寫，我看不懂，一直收着。後來問了一位博學的先生，他說這本書有英文版叫做《The Book Of The Dead》，我去買了那本書，又花了一些時間找到了那本書的中譯版，中譯版叫做《亡靈書》，我認為比英文譯名好，所有的靈跟着自己的心願生活在異度空間，比英文版單純的Dead來得婉約和充滿想像力。按着夾照片的位置，我找到了這樣一段話：

你通過了那扇黑夜的背後閉起的門，使愁苦中躺臥的靈魂歡喜雀躍。語言的真實，心的寧靜，起來啜飲你的光明，因你是昨日，今日，也是明天。

讓「拉」的光芒吻遍全身
──埃及尼羅河阿斯旺

每年的十一月到四月是乘河船遊覽上埃及的最好時刻，我站在五星級河船甲板上，享受着尼羅河上緩緩的微風。二千多年前，著名哲學家希羅多德說：「埃及是尼羅河的贈禮。」這句話，基本奠定了尼羅河和埃及的母子關係。

設施齊全的河船行駛在被稱為「生命之河」尼羅河上。遊客們享受着悠閑和舒適的時光。這樣的時光，是肆無忌憚用來揮霍的。或好好享受日光浴，讓「拉」的光芒吻遍全身；或躺在沙灘椅上靜靜地閱讀；或什麼也不幹，發發呆，睡睡覺，瞇着眼睛看天上的藍、任由酥酥癢癢的風撫摸身體的每一處。此時此刻，什麼都可以想，什麼都可以不想。什麼都可以想，什麼都可以不想的時候，思緒飛上天空。看着大朵大朵的白雲在湛藍天空中悠悠蕩蕩，時間在那裏凝固起來。

古埃及人的永生觀念，靈感來自於對自然界的觀察，他們看到日出日落，水漲水落，認為人的生命也是這樣生生不息，生死循環。和其他宗教不同，生命的結束不是走去另一個世界，而是回到原本的世界。祇要好好保護遺體，亡靈便能夠平安到達冥界的審判台，得到重生。

眼前的尼羅河就是一條生命輪迴的通道。每天太陽從西方落下，從東方昇起，周而復始。在古埃及神話裏，尼羅河作為生命之河孕育了無數個大神，包括貴為太陽神的「拉」。每天早上，太陽神在東方出生，到了晚上，又在西方墜入冥界，為冥界內的亡靈提供生活所需。所以在古埃及，太陽神是個異常忙碌的大神，白天光澤世人，晚上又要照顧亡靈。即便如此，在萬物平等的信條下，太陽神一樣也會經歷出生、死亡和再生。

人和太陽、尼羅河等自然物體一樣，也有生到死，到重生這一過程。

因此古埃及人相信要獲得死後再生，必須像太陽神一樣埋葬在代表死亡的西方。就眼前所見，西方一片荒蕪，所有的墳墓都位於尼羅河西岸，黃沙黃土無邊荒涼。而東方，因為太陽從那邊昇起，則被看做出生和生長的地方。舉目望去，傳統農人穿梭在隨風搖曳的棕櫚樹間忙着農活，幾隻黑色羽毛的水鴨在河邊嬉戲，「呷，呷」地叫。撲騰，撲騰地拍打着翅膀飛起又鑽入水中。

尼羅河對古埃及人來講有着非同尋常的意

義。天狼星攜日東昇的時候，尼羅河水開始暴漲了。大水淹沒了平原。到了秋天，尼羅河退回河床，浸泡數月的土地留下了一層肥沃的淤泥。正是因為這層淤泥，農業得以發展，古埃及得以發展和繁榮。直到現在，每年天狼星重現，尼羅河水氾濫之時，全國上下都要舉行隆重的祭奠，這一天也意味着新一年的開始。也就是說，尼羅河的定期氾濫，成就了古埃及的富饒，並在這條哺育了古老埃及文明的世界第一長河中，生成了古埃及人獨特的生死觀。

而我在尼羅河的遊船上也見證了一個生命的

出現。平穩的船隻、溫柔的陽光、徐徐的微風、異國情調的音樂，那是容易產生感情的封閉空間。天上偶爾飛過的幾隻鳥和一隻躲在船角，搖着尾巴當扇子的黑貓見證着一對青年男女從互不認識到相親相愛，後來他們為那個在尼羅河上孕育的孩子取名為「尼羅河」，來紀念這段旖旎。

天階夜色／埃及撒哈拉沙漠

逐水而居的貝都因人，唱着歡送的歌謠。歌聲在簡單的曲調中傳遞着與世無爭的安寧。吉普車向前開着，打着白晃晃的車燈，進入沙漠深處。已是太陽下山時分，回頭看，沙漠上的民族已被拋得很遠很遠。那個流着鼻涕，問我要曲奇的小孩，今生今世不可能再見了。旅行就是這樣，旅途中的任何事，任何人都如浮雲飄過，一瞬即逝。或會記起，更多的是遺忘。

夜晚的沙漠被黑暗籠罩着，無邊無際。空氣

中漂浮着炙熱陽光留下的氣息，無聲無息地徘徊在寂寞的沙漠上。駝鈴在黑暗中時隱時現，鬼魅般叮噹。目光所及是廣漠無際的沙漠。吉普車在並不平坦的沙漠中飛馳着，時高時低坐過山車似的，上下顛簸，五臟六腑跟着左右搖晃着。

我緊緊地抓住扶手，眼睛隨車燈看着遠處。遠處是一片黑色，黑而厚重，一層壓着一層。視覺所及就只是車燈前面的那一束光亮，飄蕩而堅定的照射着。有堆成各種形狀的石頭，似鬼魅站立。黑夜中，司機靠着這些石頭來辨別方向，尋找目標。吉普車上下顛簸着，在沙漠上留下很長的一陣飛沙，漫天飛舞。猶如彌留在沙漠上的幽魂，在車子後面死死地跟隨，毫不鬆懈，飄飄蕩蕩，希望借着光亮，重出生天。車行半小時左右，吉普車在一片細鹽般的沙漠上停下。稍作停頓，幽魂散去。下車，熄燈。

仰望天空，荒蕪的沙漠被星星所籠罩，天空變成了一塊深藍色的天鵝絨幕布。這天鵝絨是有層次和質感的，用眼睛去撫，順的一面顏色深了，反的一面顏色就淺了。你甚至可以感覺到它的柔和、滑軟。天鵝絨的幕布裏鑲嵌着一顆顆巨大而耀眼的鑽石。所有在氣象館和天文書上看見的星星都湧現在眼前，那麼低、那麼亮、那麼美、那麼眩目，真實的存在着並不真實的美。

四周在星星的照射下，若隱若現。遠處是高高低低的沙丘，黑壓壓地站立。沒有風的沙漠，寧靜得連空氣中的呼吸聲都聽得見。看星的人四下散去。我躺在沙漠上，沙漠還保持着早上太陽留下的餘溫，鬆鬆軟軟的。根據人體形狀調節着最完美的角度，這是任何一張床褥所無法取替的舒適。就讓星空做成鑲滿了鑽石的豪華被子，讓夢成真。想起杜牧《秋夕》中的兩句詩：天階夜色涼如水，臥看牽牛織女星。而此刻，天上的隕石落入凡間，帶着諾言劃過星空。快點許願吧！美妙而幸運的瞬間。

晚上的沙漠比起白天起碼低了十度。身體中的燥熱很快隨着氣溫下降，四周開始寒冷起來。拍照的人收起了相機。說話的人鑽進了車廂。星星下的人祇能告別這美麗的沙漠之夜。

是的，我們不過是沙漠的過客。

小記：

進入沙漠的時候，吉普車的司機需要到沙漠崗亭那裏去辦一個手續。登記吉普車的車號和車內的人數，進出沙漠的時間等等。這是埃及政府為了保證旅客安全而設定的措施。畢竟，沙漠變化無常，一陣狂沙足以把所有的路標和痕跡全部抹殺。現代的電話和電腦進入沙漠也毫無用武之地。所以，吉普車到了一定的時間還未出沙漠的話，沙漠搜查隊就會進入沙漠找尋遊客。

給歷史

貓說：「歷史是個化了妝的小姑娘。」

濃霧中／土耳其 登尼資里市

選擇去土耳其旅行，很大原因是為了看棉花堡。旅遊書上是這麼描寫棉花堡的：棉花堡位於土耳其西南部，「棉花」的形成是因為泉水從山頂往下流，所經之處歷經千百年鈣化沉澱，形成層層相疊的半圓形白色天然石灰岩階梯。遠看像大朵大朵棉花矗立在山丘上，更像染白了的大梯田，所以土耳其人叫它「棉花堡」。比較之下，我更喜歡一個流傳在土耳其民間有關棉花堡的美麗傳說：當年，牧羊人安迪密恩（Endymion）為了和希臘女神瑟莉妮（Celene）幽會，竟然忘記了擠羊奶，致使羊奶恣意横流，覆蓋住了整座丘陵，所以形成了這樣的人間美景。

我到棉花堡的那天，氣溫在零度左右，連綿不斷的山脈被厚厚的積雪覆蓋。清晨的天空凝結着濕漉漉的濃霧，跟潮濕的天空連成深灰。錯落其間的屋瓦石牆在濃霧中或隱或現，樹幹也像剛剛被雨淋過，墨綠墨綠地發黑。天上地上濕濕暗暗，到處都籠罩在伸手不見五指的濃霧中。

從棉花堡的停車場，穿過希拉波里斯古城遺跡（Hierapolis），走入景區。希拉波里斯古城遺跡是公元前二世紀時由帕加馬王朝所建，目前還遺留有大浴場、競技場、街道、大劇場和古墳場等殘垣斷壁。在一片廢墟中，舞動着迷離的精靈，霧如幽魅隨風，夢遊般地浮移和遊離。彷彿遇上實體就要隨之附身一般，一陣一陣地飄過來。眼前的景物被霧隔斷，視覺像是被封鎖了，埋葬在時間的荒蕪中。轉瞬間，霧又飄飄然離去。眼前陡然出現的是一座佔地面積很大的露天圓形劇場，順山勢挖掘，它的名字叫做「海爾保利大劇場」。

霧的精靈像潑開的水墨般，鋪天蓋地地凝結

在空氣中。穿梭在修建於二千多年前的阿佛洛狄西亞衛城（Aphrodisias），跨過這些被無情時光而蹉跎成的廢墟。眼前的空地上孤獨佇立的月女神殿，在月光下閃爍着清冷冷的光輝。濃霧中，借着偶爾飄過的風，時隱時現着幾座房屋式墳墓的剪影，那裏是牧羊人的歸宿嗎？他遠遠地陪伴着，守護着心中的女神嗎？

涼涼的水氣迎面而來，白茫茫的一片。這些希臘風格的澡堂、拱門、横樑、石柱長廊、指向天空的大理石柱時隱時現在眼前，讓人驚嘆古老的小亞細亞曾經有過的輝煌。面對這些花紋繁複，造型宏偉的大理石殘跡，即便已被大地震毀得衹剩廢墟，還是倔强地豎立在荒野上，讓人忍不住感慨光陰的無情。無情的時光在我們不住感慨韶光似箭的同時又不斷流失，空悲戚：良辰美景奈何天。

濃霧不經意地將遊人隔開，獨自穿梭在荒涼而又陌生的地方。不遠處，一座座完整的棺木錯落在遼闊的荒野上，冷冷的空氣帶着冷冷的水汽，飄舞在這異域的空間裏。偶爾，身邊飄來説話的聲音，聽不懂的話語在這樣的氣氛中變得詭異。有時，身邊又隱隱約約浮現兩個人影，就像是從遙遠的時空滲透進來。沒走幾步，這人又慢慢消失在迷霧中，他們說話的聲音渺渺如霧散去，漸行漸遠，這種奇詭的氣氛，不禁讓我聯想到村上春樹《1Q84》中的小小人在製作空氣蛹，小小人說：「那就是標誌哦，你可要注意看天。」

天上，正出現一絲不為察覺的變化。有氣無力的一點陽光似乎正努力不讓遊人失望，他掙扎着力圖穿破灰色的雲層，擺脫濃霧捆綁。可是又是一副力不從心的樣子，很快又被雲霧所包圍。

蘇東坡那句：「但見碧海磨青銅」，用在這裏就再也合適不過了。剛剛被陽光磨光的天空衹一眼的功夫就又被濃霧包圍，棉花堡在隱隱約約中展現着仙境一般的迷幻，蕩搖浮世生萬象。

順着前往棉花堡的木板路，藉着偶爾浮現的陽光，才發現原以為幽深的山谷，其實並非深不見底，而是被白雪、霧氣、雲彩所隱藏。中國山水畫中表現的形神交融、天人合一的意境，在此刻發揮得淋漓盡致。這樣的畫面，是豐富多彩的。層層疊疊的自然景物之間是無法預知，分分秒秒都在變化中的細膩畫卷。遠山近水，在陽光微弱的照射下，泛出琺瑯般的孔雀藍光澤，和漸漸蘇醒的天空互相輝映。這樣的景色，恍如仙境，而我正是那個迷迷糊糊闖進仙境的小小人，用照相機有限的取景來表現對整個宇宙自然由表及裏認識，雖然少的可憐，還是默默竊喜，無端喜歡。

一路走去，先前因為濃霧，而擔心看不到美麗棉花堡的失望蕩然無存。取而代之的是對於變化莫測的大自然，心悅誠服地膜拜。我們毫無選擇地在既有的時空下生活，就像對於無常的天氣一樣無能為力。人類在宇宙和自然中顯得是多麼地渺小，我們似乎祇能逆來順受，坐以待斃。這樣的天氣，這樣的路，這樣的心情，這樣的我。坐着飛機，從遙遠的東方來，我以前來過嗎？我為什麼會來到這裏？我在追求和等待着生命中的奇蹟，猶如期盼太陽呼嘯從雲中騰越。

等待的過程是多麼地妙不可言。因為，有了等待，一切都是未知，充滿忐忑的。等待絕不是理直氣壯，也不是理所當然，因為等待的結果未必是想要的答案。它是一種期盼，時間和心情累積的過程。這似乎又與中國山水畫中常用的「留白」有關，留下一點空間，用來延伸腦海中畫面。與億萬斯年以後的今天，等待的價值，還是在於那分妙不可言的，無法預知的留白。

風大了，濃霧漸漸散去，白色的岩面被百折不撓的陽光點染出淡淡的色彩。當太陽的光芒一點點地，由白雲深處放射出萬道金光，由金色變成緋紅殷紅桃紅玫瑰紅。所有的紅在此時逐漸呈現着。等待中的奇蹟出現了，小小人說：「那就是標誌哦，你可要注意看天。」棉花堡正以她千變萬化的美麗在幻化中出現讓人難以置信的光影，岩面中水波則忠實地記錄下天空變幻的奇異色彩。在濃霧中跳躍的太陽，是充滿鬥爭的萬物之神，是大自然聽到心靈呼喚的奇蹟。大自然的魅力就在於每瞬間中的千變萬化，一切都是那麼的神奇，從黑暗中走出，到被濃霧包圍，然後，在水中看到了天空的變化，太陽出來了，天光了，雲彩在那裏迷人微笑。

綠水如鏡，丘岩如冰。我穿着厚厚的羽絨衣，光着腳，踩在溫暖的溫泉水中。金黃色的陽光為我披上一身溫暖的衣裳，每個人的臉上都蕩漾着「拉」的喜悅。石灰岩階梯有點滑，我小心翼翼地沐浴在衆神的光輝中，內心充滿着無比的幸福。

逢魔時刻／土耳其 特洛伊

卡爾的《歷史是什麼》，是一本很薄的小書。

我拿着它坐在特洛伊的廢墟上。遠處是起伏連綿覆蓋着殘雪的山巒。紅瓦白墻的農舍點綴在漫山遍野的柑橘樹和橄欖樹之間。樹上枝葉稀疏，樹枝斑斑駁駁，枝枝杈杈，那個即將西沉在地平綫下的太陽散發着艷麗的金紅色，驚天動地的顏色，強有力地佔據視覺全部。那種霸道、那種鬼魅、那種不可一世的夕陽，讓我這個從城市走出去的女子瞠目結舌。

用眼睛去看，那些還沒來得及走過的神廊、圓頂、舊墻、古屋、劇場，還有不知道年代的半截拱廊在夕陽的變化下顯現着不同層次的紅。玫麗的色彩，鬼怪的妖嬈，誘惑世人，奪人心魂的妖艷。風是暖暖的，似有似無地觸及着肌膚，軟軟的直入心坎。潺潺的流水叮叮咚咚，如陣陣私語在耳邊呢噥。帶着苦澀橄欖的空氣，在這個沒落的古代帝國裏穿梭着。

這真是一段「逢魔時刻」，一切迷離夢幻般。黃昏時分，日夜過渡，人與妖魔鬼怪可以同時出現的時段。因為夕陽實在太美的緣故，就這樣被施了魔咒般地坐着、看着、震撼着。大自然的千變萬化簡直是不可思議的離奇。

心被歷史牽動着走過了幾個世紀。那個時候有着小亞細亞曾經的輝煌，金銀器皿滿地，到處是珠寶飾物、黃金、銀錠和工具；美麗的女人搖晃着橄欖枝般的腰肢，强壯的男人像公牛一般的有力，叮叮噹噹地敲打着兵器。這聲音，從幾個世紀之前傳了過來，在斷石殘垣中迴響着，宣告着這個地方曾經有過的輝煌。歷史無奈地在時間的隧道裏哀嘆着，夕陽美艷，走進黃昏。

關於歷史，卡爾是這樣下定義的：「並非所

有有關過去的事實都是歷史事實，或者都會被歷史學家當作事實加以處理。」這真是一種高明的講法，他既不否認歷史的客觀性，也不否定歷史的被選擇性。人類面對自己，面對自己的過去，又有多少是需要去瞭解的。歷史如此，人性依然。坐在斷瓦殘垣上的貓搖着尾巴，認真地說：「歷史是個化了妝的小姑娘。」回頭望去，特洛伊入口處的那座仿建的巨大木馬模型，到底象徵的是愛情還是背叛？

公元前十三世紀，特洛伊王子帕里斯誘拐了希臘斯巴達國王梅內萊厄斯的妻子海倫，她是世界上最漂亮的女人。於是，一場關於國家榮譽和偉大愛情的殘酷戰爭隨之爆發。公元前八世紀，希臘詩人荷馬寫下了兩大史詩：《伊利亞特》與《奧德賽》。《奧德賽》的故事，就是講的一小隊希臘士兵是怎樣隱藏在大木馬裏而最終佔領了特洛伊。是電影《木馬屠城》的原型。

至於《伊利亞特》就和希臘神話金蘋果的故事有關。一大堆的女神在天上，受到厄里斯(Eris)的挑唆，為「誰是世界上最美麗的女人」而鬥法。雖然貴為天后赫拉(Hera)，智慧女神雅典娜(Athena)、愛與美之神阿芙羅狄蒂

(Aphrodite)，都個個俗如凡人，為了獲得「最美者」稱號，為了金蘋果的歸屬權，用權力和愛情誘惑着特洛伊的帕里斯王子。這些至高無上的天神們到底怎麼了，為什麼她們這麼無聊，想出這樣荒唐的遊戲。她們的智力似乎和那個頭腦簡單的白雪公主差不多。直到最後，帕里斯王子拐帶了斯巴達的皇后海倫，引發了這場殘酷戰爭，使得衆多生靈遭受蒙難和屠殺。如果，天上有神明，我希望他是智慧和愛護和平的，讓可憐的人類可以在地球上苟延殘喘，健康快樂地生活。

《伊利亞特》的主題是讚美古代英雄的剛強威武、機智勇敢，謳歌他們在同異族戰鬥中所建立的豐功偉績和集體主義精神。英雄主義是那個時代所要歌頌的主題，男人們為心愛的女人而戰，為國家榮譽而戰，血染山河，似乎是理直氣壯的，也似乎是理所當然的。因此，人命在那時是多麼不值一提的小事。它脆弱的就像腳邊的一棵野草，任何風吹雨打都足以讓它消失生命。可是，它又是那麼的百折不撓，世代相傳，一大片一大片的繁殖着，直到今天。

凡人用凡心去描寫天上的女神。所以，女

神們祇能表現人類的愚昧無知，爭名好利。《伊利亞特》與《奧德賽》這兩大史詩所描繪的事情和地點到底是屬於歷史，神話，傳奇或者僅僅是文學創作？我想無論是史學，哲學，還是文學，其根本就是要表達人的復雜性和多面性。面對眼前的所見和腦中的所知，面對這樣的史詩，用一種理性去解釋感性，本身就是感性的行為。但是，旅行和文學的魅力就是在於你似乎愈來愈接近，卻永遠也走不到頭的矛盾中。

人笑蜉蝣朝生暮死，事實人和蜉蝣也沒有什麼差別。在這片廢墟上，還曾經發生過一個傳奇故事。一個從小就醉心於少兒書，喜歡書中具有傳奇色彩的特洛伊圖片的窮家男孩，靠着對荷馬的信念，長大之後竟然找到了湮沒在數世紀塵土下，而又充滿着神話傳奇色彩的特洛伊古城，並且發現了普里阿摩斯國王的黃金寶藏。

謝里曼在他的書中這樣寫道：「每座山、每塊石、每條河、每一個橄欖園都使我想起荷馬，我發現我猛地一躍，飛越過了幾百年，進入具有古希臘騎士風格的閃光年代。」這是真正强者為王的年代，一個關於特洛伊的傳奇讓這個男孩具有如此旺盛的鬥志力。個人的努力，堅定的目標和信念，造就了這樣一個不知道算是大強盜還是大英雄的人物。

要知道，世間財富轉眼間均非己有。不管世人對謝里曼的評價如何，一切猶如他所發現的黃金寶藏一樣，早已不知所蹤，或者又歸於塵土。人生百年，在整個宇宙衹是一瞬。生命是那麽的無常和短暫，時間一到，塵歸塵，土歸土，塵埃落定間，早已有了定論。

我在特洛伊的廢墟上，享受着暖暖的風。風不大，在這寒冬中，顯得是那麽彌足珍貴。眼前的落日已經慢慢墜入西山，赭紅色的天空開始轉向殷紅。起身回程，踩在幾度滄桑的石路上，偶有殘餘的落葉從樹上緩緩地飄下。一隻不知名的大鳥站在光禿禿的橄欖樹枝，相機一舉，「哇」的一聲，朝荒蕪的天空飛去。

天黑了。

給女友

貓的愛情故事最後無疾而終。二零一八年貓在教會接受洗禮，我看到我那個美麗，獨一無二的女友把自己嫁給了耶穌，她的臉上綻開聖潔的歡笑，我相信她是幸福的。

悲慘世界／法國 巴黎

雨果在小說《悲慘世界》序中說：「在文明鼎盛時期，祇要還存在社會壓迫，祇要依仗法律和習俗人為地把人間變成地獄，給人類的神聖命運製造苦難；祇要本世紀的三個問題：貧窮使男人沉淪，饑餓使女人墮落，黑暗使兒童羸弱，還得不到解決；祇要在一些地區還可能產生社會壓制，換言之，從更廣泛的意義來說，祇要這個世界還存在愚昧和困苦，那麼這一類作品就不會是無用的。」

雨果的序言不幸變成了預言。看Tom Hooper的音樂劇電影版《孤星淚》，不盡然地聯想到學生運動最終失敗，血流在石板路上，留在城牆上，怎麼刷也洗不掉，就這樣淡淡的，斑斑駁駁地留在人們心中。十九世紀的小說《悲慘世界》中沒有埃菲爾鐵塔，更沒有自由女神。學生革命失敗，浪漫的理想失落了，人們在愛情中尋找屬於自己的天空。可是，我分明見過，在萊茵河畔、在艷陽天下、在紅白藍旗幟的飄舞中最美的巴黎。如果不是那個小偷，我會說：「那天天氣好極了，冬日裏難得的大晴天。」

那天天氣好極了，冬日裏難得的大晴天。陽光在冬日中顯得那麼妙不可言，就像美麗的女子在老佛爺購物後，滿足的笑容。那是溫暖和燦爛的，就像眼前坐在香榭麗舍大街喝咖啡的女子。去老佛爺購物、去香榭麗舍大街喝咖啡是那年我和另外一朵花的夢想。花開花又落，如今大家各散東西。但是我還是無法忘記那冬日中溫暖的陽光和那個打扮優雅、舉止迷人，説着法式英文如説喃喃夢語的法國紳士般的小偷。

是的，我們在法國最高貴的香榭麗舍大道遇到了小偷。一路上我們都很小心，看到大街小巷、地鐵車站上的乞丐，或者抱着小孩的吉普賽女人，都是遠遠的避開。雖然，在酒店門口，女友的行李箱試過被人拉走，沒想到那人沒跑幾步摔了一跤，結果搶回了行李。那時的場面很喜劇，但也加大了我們對這個浪漫之都的警惕。

那小偷應該是我們在老佛爺瘋狂購物時跟上的。當時兩人正沉浸在淘到便宜貨的喜悦中。我們以最快的速度購物，自以為是的將新買的錢包放在小包裏，小包裝在大包裏，鞋子扔了包裝，同樣塞進大包的縫隙中。然後，就出發去享受香榭麗舍大道的咖啡。

信步漫遊，舉目望去，到處都是暖暖的發熱燈，閃着小小的火，即便是在陽光燦爛的冬天，也一樣具有無比的誘惑。為了配合那天喝咖啡的主題，我們都穿得格外漂亮。我的女友穿着Burberry 的米色風衣，黑色長靴，顯得她的腿性感而修長。她的捲髮上帶着剛買的黑色小禮帽，髮尾隨着婀娜的身姿輕輕搖擺，映襯着不遠處的凱旋門，十足老舊電影中的巴黎情調。

隨意地找了個看上去景觀和環境都不錯的咖啡店，進去後發現感覺並未坐滿的桌子原來坐滿了人。正當我們猶豫是否要換一家的時候，那位紳士站了起來。多麼迷人的眼睛，催眠術似地看着。他用法式英文施展着魔法，說自己正要離開，位置可以讓我們，那聲音無比的溫柔和磁性，緩慢而低沉。我的那個美麗的女友啊，猶如進入了老舊的電影中。她一邊邀請紳士一起坐坐，一邊淑女般將整袋價值五萬元的戰利品交給了紳士。同一剎那，我看到紳士將戰利品交給了第二個男人。我一時沒反應以為那是酒保，看着那人快步走出咖啡廳範圍。我才意識到碰到小偷了。我大叫，女友轉身要追時給紳士抱住了。我跟着跑了出去，沒跑幾步心臟就不行了。而後，我看着那個男人拐進小巷。追到小巷口，陽光依然美好，小巷深處有粉色的花在風中搖曳。我停下了，畢竟這是負擔得起的大意，不必為此拼上更多的不確定。這句話成為我和女友分開的原因，沒有對錯而言。

回到咖啡店，紳士不見了。我的女友一臉期盼着希望我幫她追回失物。我又讓她一臉失望。在法國最高貴的香榭麗舍大道，我美麗的女友丟失了她的包包，而我也因為她的包包而失去了一個美麗的女友。

前往葡萄園的路上

／法國亞爾薩斯

那天，我坐在一間環保小酒店的大堂等車。那家小酒店位於法國南部某個小鎮。大堂裏生着火爐，火燒得旺旺的。落地的窗户外面是白皚皚的積雪，屋檐下垂着幾串鐵鏈子，雪水順着鏈子一滴一滴地掉落在儲水器內。酒店正中間有一棵用泡沫塑料搭起的聖誕樹，樹上放了一些綠色的水晶球，樹下堆着一些用來燒火的枯木。總的來説，這是一間簡約、樸實，同時又很舒適的小酒店。我懶懶地靠在沙發一角，寫着一個女友的故事。酒店的人説，因為下雪的緣故，所以車子不知道什麼時候才會到。

我的女友叫貓，她有一個這樣的法國男友：「法老的個子高高的、鼻子高高的、連頭髮也被風吹得高高的。」就像所有的愛情一樣，一開始總是美妙無比的，他們幸福的在一起：「她和法老吃着麵包，喝着水，看到有野果的地方，法老就停下車，讓她直接伸手摘果子吃。山邊的野花開得燦爛，林中的小鳥叫得動聽，那是她夢中的生活，他們是相愛的。法老請了一個月的假陪貓，想盡辦法地疼她。開八小時的車，為了讓貓去海邊吃餐海鮮。知道貓喜歡吃中國菜，特地買了個中國的炒菜鍋子為她下廚。開車跑好遠帶貓去見他所有的朋友，看着那些法國鄉下男人一臉的驚艷，不論是法老還是貓，都是高興的。愛情的葡萄熟了比蜜甜。」

這個故事是寫給我那個為愛情不顧一切，又懂得懸崖勒馬的女友。還有所有愛着，但不得不分開的有情人。愛情到了最後，在將要轉變成生活的時候，就會面臨很多無奈和選擇。他們的分開，是因為他們知道除了愛情，他們都必須忠於其他。這其他，可能是親情、家庭、事業，也可能是自我，一個長久以來形成的自己。

故事寫了兩個多小時之後，旅遊車來了。車上的導遊一路上説徐志摩、説雨果、説手錶、説品牌、説人情風俗、説歐洲建築風格。他説：「因應歐洲對職業駕駛的規定，旅遊車司機每工作二小時需休息十分鐘。」所以，車到休息站，總有機會起身伸伸腿，上一下洗手間，喝點或者買點什麼。這樣的安排，不管是基於安全理由，還是生理需要，都讓人覺得安心。因此在小説裏，法老就成了一個開旅遊車的司機。我想法老會滿意我對他職業的安排，因為法老就是那種循規蹈矩，跟着一條路來來回回一輩子的男人。

歐洲高速公路旁的路邊休息站，室內燈火明亮、乾淨和整潔。大大的洗手間，高高的坐便器，洗手的水是暖暖的，在裏面可以磨蹭不少時間。走出來，休息站內飄着咖啡的香味，讓人忍不住的總想喝點或吃點什麼。不吃不喝也沒關係，可以去看看特色小商品，翻翻看不懂的雜志，或者聞聞煮飯的調味料。小説裏，法老為猫買了個中國的炒菜鍋子，是我在看調味料時想到的場景。

車在寬闊的高速公路上行駛，時而穿過一個

又一個黑乎乎的山洞。我期待着每一次走出黑暗後驚喜，就像結痂化蝶破蛹而出的蝴蝶。蝴蝶貼在玻璃窗上一動也不動。遠遠望去，到處是草地和雪山，跟隨着車子方向的變化而呈現着不同的美態，隨着汽車前行的速度而演變着⋯⋯偶爾也會看見一些散落在公路邊的小村莊，還有連綿的葡萄樹。冬天的葡萄樹伸展着沒有葉子的枝丫，在藍天白雲下張牙舞爪地等待着春天。我想法老就應該住在那個冬天的村莊裏，等待他一去不回頭的中國情人。

延綿的葡萄園見不到盡頭，空氣中飄散着葡

萄熟透以後的味道，膩人的甜，幽魂似地飄蕩着。

大朵大朵的雲連接着，睡在綠色田園的盡頭。風是慵懶的，天空是湛藍的，好像法老的眼睛，透明而炙熱。通往高速公路的小路一開就是幾小時，貓在車上唱着：好花不常開，好景不常在，愁堆解笑眉，淚灑相思帶……「在唱什麼？」法老一臉情深地看着貓。「何日君再來……」

貓的愛情故事最後無疾而終。二零一八年貓在教會接受洗禮，我看到我那個美麗，獨一無二的女友把自己嫁給了耶穌，她的臉上綻開聖潔的歡笑，我相信她是幸福的。

給探尋者

她是個壞女人，也許你不會愛她，可是一輩子不會忘記她。

愛情之墓／印度阿格拉

在我眼中，泰姬陵（Taj Mahal）是一顆多情皇帝遺落在世上的眼淚。晶瑩剔透，哀傷地哭訴着愛情的消失和親情的淪落。千年的悲傷凝結成潔白的大理石，洞視着世間千瘡百孔的感情。一個曾經呼風喚雨的男人，最終無法和死神爭奪自己心愛的女人。他為她耗盡國力和心力建築泰姬陵。這樣的男人，感情一定深厚和執着。可到後來，偏偏敗在親情手上，兒子篡位之後，他被軟禁在阿格拉宮，遠遠地眺望泰姬陵，直至終老。人間的悲情不過如此，貴為皇帝也無法和命運抗衡。

當雙脚終於觸摸到被陽光籠罩着幾千年的大理石時，感覺居然出奇的涼快。赤着脚，朝聖般向這座愛情的墳墓走去。遠遠，一步步地走向奇迹。午時的太陽放肆地在泰姬陵上空揮霍着，眯着眼睛看金光照耀下白色的泰姬陵，那麼美、那麼潔白、那麼精緻。即便一直質疑陵墓下，那段故事的真實性和愛情的本質。但在這樣的艷陽天下，我願意相信所有看到的美好。

遠遠看去，泰姬陵是神來之筆在天幕下精工

細雕的畫。不論怎樣折疊，都完全對稱。此畫以主殿為中心，以水池為中軸綫向兩邊延伸。兩邊是相同數量、尺寸、樣式完全對稱的高塔、雕飾、柏樹。最妙的是泰姬陵的倒影在水池中一動不動，好像在水裏也有一座泰姬陵。因此，這座象徵愛情的陵墓被廣泛宣傳為「印度穆斯林藝術的珍寶和世界遺產中被廣泛讚美的杰作之一」顯然當之無愧。這座「以愛為名」的陵墓也是伊斯蘭教的《可蘭經》所描繪的天堂。烈日下，水池邊，從遠到近，每一步的接近，心中都蕩漾起泰戈爾獻給泰姬陵的情詩：「我記得！——然而生命卻忘卻了，因為生命必須奔赴永恒的徵召。她輕裝啓程，把一切記憶留在孤獨凄涼的美的形象裏。」

我獨自一人遠離開人群，享受着這份寧靜的時光。潔白的大理石打理得乾淨和柔滑，印度人趴在地上清潔着他們國家的寶貝。遊人歡笑着，做出勝利的手勢，表示着到此一遊的歡樂。坐在地上的印度老太太躲在陰涼處慈眉善目地看着遠方。也有一家大小過來的，坐在大殿的陰涼處，小孩子赤着脚跑來跑去，大孩子跟在後面嬉笑。攝影的男子，長着滿臉的鬍子，舉着風塵僕僕的相機跟在一個金髮女子背後。那女子穿着沙麗，粉藍和碧綠的碎花飄逸在潔白的空間，腳鈴留下一長串的叮咚……叮咚叮咚、叮叮咚咚，這是一個美好的午間，一切是從容不迫的，一切是懶洋洋的，時間慢慢在無聲無息間劃過，我終於觸摸到泰姬陵上那朵凋謝的花。

那是一朵朵美麗潔白的花，盛開着卻又下垂着。每朵花都被遊人的手摸成光滑的細潔，充滿着時光隧道中無可奈何的惆悵。這些由阿富汗買入的青金石、斯里蘭卡買入的紅藍寶石、緬甸買入的翡翠、西藏買入的綠松石、中國買入的水晶，旁遮普邦買入的碧玉，阿拉伯買入的瑪瑙。被來自意大利和印度全國的上萬個能工巧匠，經年累月，精工細雕而成一朵花、一棵樹。這種被稱作「pietre dure」的彩色硬石鑲嵌工藝，成為阿格拉著名的手工藝品。有個男人拿着電筒照在大理石花上，白色的大理石居然變成了通透的藍，圍觀的人嘖嘖稱奇，不斷拍照，泰姬陵早已經變成了遊人歡笑留影的景點。

我在陵墓裏轉了一圈，墓內光綫昏暗，涼風陣陣，牛乳的氣息在空氣中飄揚，誘發着來自心中的甜蜜。每一個小細節都有着精工細雕後帶來的感動。紅藍綠寶石鑲嵌而成的精美圖畫，就是今天看來也是那麼的美輪美奐和無比的時尚。賈汗對心愛女人的用心真是不可思議執着和撲朔迷離的奇異。然而，看着兩具並排而放的衣冠冢，在昏暗中閃爍着永恒的、潔白的光芒。我想，或許我真的是錯了。愛情是真實的存在着，錯了的是時間，錯了的是心情。心中愈發的感嘆人間的凄涼，執子的手到了最後也祇能放下，一聲的無奈説聲罷了。從此，天人永別。心若已碎將無法再愈合，即便年輪在無聲無息中掙扎，也是無法愈合的傷痛。心情似乎走不出去的凍結在這時間度量器中，短短的幾分鐘被無休止地拉長。

好多好多年以後，我從泰姬陵中漫步走出，順着圓柱形高塔留在地上的陰影，走到了在泰姬陵主體旁的高達四十米的高塔，此塔被命名為「叫喚塔」。據說設計師為了維持整座泰姬陵建築的平衡效果，所以在設計時前後左右四座塔均向外傾斜十二度，確保遇到地震時，尖塔向外倒塌而不會壓到主殿，並達到對稱之美。

我找了個涼風處坐下，大口大口的喝水。不知從哪裏跑來了一隻老猴子，坐在我對面，做了個喝水的動作。想來是問我要水喝，我將剩下的小半瓶水扔了給牠。牠熟練的打開蓋子，喝了起來。牠的樣子實在是可愛，牠很快地喝完水，將空水瓶扔到很遠的地方，然後對着我拍了拍地，睡起午覺來。這哪是猴子？分明是個經驗老到的印度人告訴我午間休息的養生之道。衹是貴為人類，哪有和猴子一起睡覺的道理，我拿起相機，拍了一張照。臨走，我逗牠，向着牠揮手，牠已不理我了。真是一隻絕情的猴子。

順着水池回到起點，在莫臥兒王朝第五代皇帝沙賈汗為紀念他心愛的皇后——瑪哈泰姬傾國所建的愛情之墓前。我突然想起了那隻正在午睡的猴子，心情在那個時候飛揚，我的憂悶在太陽下一掃而光。任何風景都會遠去，衹有專注眼前，做好自己才會有遇到更好的自己。

有個印度男人跑過來問我能不能幫他們全家拍一張照片，我愉快地答應着，並且高高地舉起人家的小孩。回來後，我給同事看照片，她們問我，「你怎樣把照片給人家啊？」我說：「寄給他們。」他們給了我地址，寫在一張皺巴巴的紙上，我將這張皺巴巴的紙直接貼在信封上，想來此刻他們早已經收到了在泰姬陵前的全家福。

烽火仙境／印度 克什米爾

克什米爾位於印度北邊，靠近山麓綿綿的喜馬拉雅山，大部分地方都在海拔一千米以上。旅遊書上介紹克什米爾是人間仙境。也是蒙兀兒君王每逢炎炎夏日，偕同文武百官及後宮佳麗，騎乘大象費時兩個月才能抵達的避暑勝地。更是不遠萬里來西天取經的玄奘法師所提及龍王支族的居所。

想到雪山腳下，天蒼蒼、野茫茫的大草原，我的心就跟羊兒見着草一樣高興。當我滿懷憧憬憬地走下飛機，卻被這本該與世無爭的人間樂土嚇着了。停機坪上站着不少持槍的軍人。出入境重複檢查多達五次。每一次均要嚴格搜身，每件行李都要反複查看。藥品一定要有包裝或者醫生證明。每一次檢查，隨身的手提行李牌子上會多一個印章，一旦遺失，所有的檢查就必須再來一次。前往達爾湖景區的大街小巷上到處都是拿着真槍實彈的軍人。同車有人不停說着伊斯蘭教、激進組織、自殺式炸彈襲擊，給本來就緊張氣氛帶來更多的擔心。在旅遊資料書上我看到了這樣一段話：克什米爾一度是廣受歡迎的觀光勝地，每年吸引八十萬國內外觀光客。一九八九年起，伊斯蘭分離份子因爭取脫離印度控制，掀起長達十六年的暴動，觀光產業一落千丈。

好在這分庸人自擾在後來兩天的克什米爾之旅時得到了化解，境內滿街軍警的場面已成了當地的風土人情。事實上，除了氣氛有點緊張，所見所接觸的都是一些友善的鄉村居民。比起印度的其他城市，此地民風淳樸，還乾淨了不少。這是我在印度的第六天。對於在大城市出生長大的我來講，獨遊印度需要無比的勇氣和百般小心。

此時，我的一雙鞋脫在德里的一間寺廟門口不翼而飛，散錢包也在孟買買水時不見了。玄奘法師曾歷經千難萬險行走過的這條綫路，到了今天依然不易行。

克什米爾之所以被稱為人間仙景，備受印度皇家寵愛和遊人傾慕。除了因為寧靜美麗，飄逸猶如仙子的達爾湖（Dal Lake），還因為變化莫測，地域廣闊的喜瑪拉雅山脈。到達克什米爾的第二天，我將要前去喜瑪拉雅山脚下騎馬看草原。吉普車隊浩浩蕩蕩在連綿不斷的山路上向前開。和迎面而來的一輛輛軍車擦肩而過，軍車上是一個個年輕的生命，巧克力色的皮膚在清晨的空氣中散發着濃鬱的體味。在我看來，此地形容為烽火仙境更為妥當。車在路上，一切平靜，祇是這平靜的後面蘊藏着多少不為人知的不平靜。我衷心希望世界和平，沒有戰爭。

已近秋天，草原已披上了一件金色的沙麗，在晨曦中透射着美麗的金黃。太陽早已起身了，微笑着看着林中的麻雀跳着奇怪的舞蹈。原野上稀稀落落的幾間小木屋穿着五顏六色，斑斑駁駁的衣服，站在陽光下懶洋洋地曬太陽。有牧羊的女子，穿着粉紅色的沙麗在草原上慢慢走着。羊兒們三三兩兩低着頭吃着已經發黃的草。女子抬起頭，看着吉普車在她身邊捲起塵土，一臉的皺紋中綻開憨厚的笑。她的牙齒在她棕黑色的皮膚裏顯得那麼白，像草原上的朵朵白雲，無暇而又生機盎然。

草原上的白雲任意組合着不同的形狀。張牙舞爪的地上動物變成大朵大朵的白雲，睡在湛藍湛藍的天空中。隨着微風慢慢飄向遠處。遠處，是喜瑪拉雅山連綿不斷的山脈。山麓上佈滿了松樹和杉林，漫眼的翠綠，植被相當豐富。已是上午十時，太陽開始猛烈起來。此時，世界好像是打翻了調色盤，肆意揮霍着顏料。此刻，草原上的風是溫柔而又酥癢的，像情人在耳邊呢噥，帶着小草的清新和野花的芬芳使勁地鑽到心裏。一匹高大的白馬帶着鈴聲向我昂首闊步而來。牠的眼睛脉脉含情，身上披着紅色的馬鞍。我毫不猶豫地選中了牠，拉了一下馬繮，牠對着我俯首貼耳。當我正準備和白馬王子馳騁草原時，馬夫走了過來，讓我換坐一匹又小又瘦的小黑馬。我不願意，理論起來。馬夫理直氣壯地說：「你祇能騎小馬，大馬要留給胖一點的客人坐。」馬夫的身邊跟着一位又胖又滿臉笑容的先生，我在胖先生一臉陪笑下祇能跟王子分離了。之後，我的眼睛一直沒有離開過王子，卻跟着小黑馬在草原上看花、看草、看白雲飄飄。

人生不也是這樣嗎？一個行走在人生路上，總有一些如意或不如意事。我們能做的事情，無非是調節心情，坐看雲起。太陽的光芒把我和小黑馬的影子縮成一個點，思緒在馬蹄揚起的塵埃中飛揚。那個孤獨的求經者一定具備堅定的意志和一顆隨遇而安的心，才會修成正果，取得真經。天氣真好，我騎着小黑馬在草原上哼着歌，馬夫聽見，露出雪白的牙齒。朝着我笑。跟着唱了起來，唱的是印度歌。

歌聲飄到二零一九年三月二十七日此時，我的一位多年的朋友去了印度克什米爾出家皈依，我不知道他為什麼要選擇印度出家。但在同一天，印度同巴基斯坦在克什米爾境內發生空戰。我在新聞中看到這片曾經策馬飛馳，花草遍野的人間仙境已是滿目瘡夷，為我的朋友擔憂。私利和貪昧讓戰爭一次次輪迴，但願諸神可以解救人間愚昧。

達爾湖船屋／印度 克什米爾

到達達爾湖的早上，太陽才剛剛昇起。天空中的彩雲在微風吹拂下瞬息萬變。坐在湖邊，用眼睛去看，用照相機去捕捉。這邊的天空如此美麗，猶如一千零一夜的故事，靜靜地發生，神秘地變化着。

公元七世紀的克什米爾是佛法昌隆之地，玄奘在《大唐西域記》中形容此地：「伽藍百餘所，僧徒五千餘人。有四座堵波（佛塔），無憂王建也，各有如來舍利昇餘。」鼎盛的佛學風氣使得遠來求法的玄奘深受感召，便在今日的傑倫河山谷停留，在這個四面環山的世外桃源中，努力研習佛法。因感於玄奘皓首窮經，已逾百歲的戒賢大師秘授其《瑜伽師地論》。之後數年，玄奘被授予梵名「木叉提婆」，榮登講堂講經說法，名震天竺。風沙皓月下的玄奘，孤身隻影面對世間一切無常，但內在的精神卻無比的強大。一個人的影子無法鋪滿大地，但有些聲音，可以傳到很遠。

歷史就這樣在一片一片雲彩中飄過，似乎曾經滄海，又似乎從來沒有發生過什麼。彩雲的下面是清澈見底的達爾湖。湖水碧綠，湖面上蕩漾着柔軟多姿的水草，幾隻水鴨在湖面上嬉戲，一眨眼就鑽進湖水裏看不見踪影。祇留下一連串的漣漪在湖面上擴散，到了盡頭也就到了船屋。達爾湖上的船屋是十九世紀英國殖民地時期，英國人所建造的。英國人離開以後，船屋被改為水上旅館，以前觀光鼎盛時，遊客住宿船屋必須在半年前預約。遠遠地看去，一連串的船屋並排停泊在岸邊，聲勢頗為浩大，但卻不是那種盛氣淩人的張狂，而是優雅的紳士，風度翩翩地站在那裏迎接遠方的朋友。達爾湖船屋取材自胡桃木，外觀是優雅的鵝黃色，船身很長，前廊、樑柱、天花板、傢俱，都雕滿細密的花紋和圖案。船屋內部有客廳、餐廳、廚房和四間臥室。客廳內懸掛着水晶吊燈，地上鋪着克什米爾地毯，客廳和房間裏面都有暖爐。我住的船屋叫做NEW GOLDEN GEM。

達爾湖每艘船屋都有一位專職的管家和船夫，每天三餐管家都會事先向客人詢問用餐時間和飲食口味。開飯時，雖然菜肴簡單，但管家還在一旁用心地服務。遊湖時，船夫也會備妥毛毯和火爐以備不時之需。船夫叫大仙，這是我根據他名字的讀音所取的中文名字。我告訴他在中國有一個地方叫香港，在香港有一個地方叫黃大仙。黃大仙是中國的神仙，有求必應。他聽後，很喜歡他的名字，還一筆一畫地寫了下來。他常常一個人坐在一邊不言不語，神色抑鬱。熟悉之後，大仙跟我說他的志向是去大城市看看，又因為所處的種姓低下而無法實現。我覺得他實在可憐，人要追求自己的夢想有什麼錯？印度的種姓制度在我看來是那麼不可思議和難以理解，可是印度國民倒並不在意，他們隨遇而安且欣然接受命運並不公平的安排。大仙對我說，這輩子他要做個好奴隸的時候，我一時無言，並祇能用力拍了拍他的肩。或許他也對，做好自己比什麼都好。

離開達爾湖的前一天晚上，天上有星，偶爾被雲遮住，又不時地露出眼睛。微風吹在身上些許涼意，大仙及時地拿來了羊毛披巾。船主的小女兒已和我很熟，吃着我帶去的餅乾，說要唱歌給我聽。我和着歌聲打着拍子，聽着耳邊飄來的小女孩輕輕的聲音。那聲音稚嫩如鶯啼叫，在湖邊飄開、飄開，飄到烽煙裏，飄進仙境中。那一晚，有電、有熱水、有花香，一切都近乎完美。我在微微搖晃的船屋裏睡得很熟、很香、很甜。

給島

看着這三個不見血的牙印，想像自己千里尋
夢……

悄悄的,你吻了我

你肯定不會愛我
穿着潛水衣笨拙的樣子
你肯定不願讓我
闖入你綠色海底的皇宮
你肯定不想相信
剛剛才吞食了你的兄弟
你肯定不願看我
用手觸摸你美麗的嬌娘
偏偏
這前世三千次的回眸
牽我
翻山過海，尋覓今生你的模樣

海藻如梭
萬縷千絲
君若真忘了
我不會再多情。
終於
在今世訣別的那一瞬間
透過
厚厚的潛水鏡，你看懂了我心
悄悄的，你吻了我，留下了你的齒印

——木子小姐

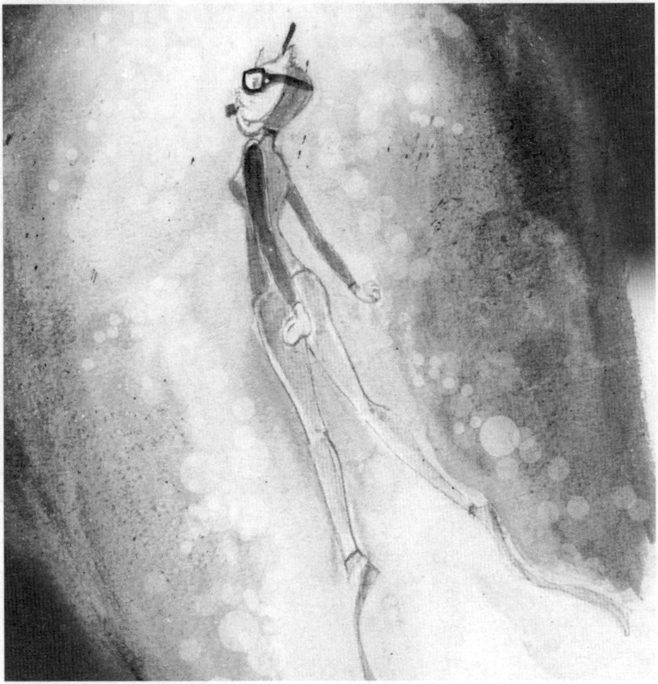

我在佛羅交怡玩潛水。看到了珊瑚，海星，各式各樣的美麗小魚。最為刺激的是在海底與黑鯊魚邂逅。不知為何，當時，我膽大包天，並不害怕。回到酒店，因為太累了，泡澡的時候睡着了。醒來的時候，看着這三個不見血的牙印，想像自己千里尋夢。

寫完，我跑去樓下餐廳用餐。餐廳被佈置成熱帶叢林的樣子，大家都圍着幾棵大樹吃着簡單的晚餐。住客們隨意交流着，一個說，昨天她看到自己曬在露臺上的比基尼泳衣給一隻猴子穿在身上。另一個說，午睡醒來，他們夫婦中間多了一條蟒蛇，嚇得他們從牀的兩邊一起滾了下去。

住客們聽了都哈哈大笑，一個勁地追問後來呢？

住客都為自己選擇住在山中才會發生的奇遇而興奮。我們雖來自不同國家，卻都熱愛自然。並為自己能夠偶爾逃出城市，住在地球的一個小島上，像野人一樣活着感到開心。

接下來，我講了個島的故事。

島的故事／馬拉西亞佛羅交怡

在佛羅交怡風平浪靜的大海上，平睡着一位美麗的回教女子。夕陽的餘暉是她金色的頭巾，隨着雲霧的變化，若隱若現。她的頸部秀氣而精緻，胸部堅挺而豐滿。再往後看，是微微隆起的腹部，正孕育着幾千年前，她和情人相愛後留下的生命。

那次火山的噴發，讓她沒有了家園。如今，她祇能默默的躺着，想着她的愛人。無數個日子過後，她已學會不再思念，她親吻着每一個遊人，把他們當做自己的情人。二零零七年最後幾天，我被快艇噴射到這個叫做「孕婦島」的海邊小島上。沿着一條彎曲的山路，慢慢闖入這女人的子宮。放眼看去，滿眼的綠，樹枝斑駁交錯，深深淺淺、重重疊疊。夕陽偶爾在樹蔭間，探了一眼，隱去，又出現。顯然，這個年華老去的男人，也為這女子的身體而深深着迷。

十幾分鐘之後，我已睡在這女子的一潭墨綠中。溫暖的、舒軟的、平靜的水中夾帶着豐富的、有營養的地下礦物質，緊緊地將我包裹在這女子的身體內。抬頭向着一片湛藍，靠着救身衣的浮力，四肢鬆軟，漸漸已是半夢。人聲在很遠很遠的地方消失了。山谷中時不時的傳來猴子們的打鬧聲，這些山中的霸王，滿山遍野的追逐。探出腦袋，看着遊人在這女子的體內進進出出。這是這女子最神秘的地方，微風吹拂，帶來野花幽幽的清香。他曾説過，這體香是他最愛的。女子想到這，不經舒心的笑了。

她還想起，回教的女子是不能暴露肢體的，她們的身體衹留給自己的男人。即便她花容月貌，她也必須用長長的頭巾把自己包得衹剩下兩隻眼睛，而那兩隻眼睛也衹是用來看自己的男人。她看着睡在她體內那些幾近全裸的男女，害羞得閉上了眼。

她想起了她甜蜜的情人。那個男人天不亮就會出海去打魚，每天會在她的門前放下一朵帶有晨露的野花。她呢？就在家門口呆呆地等待，等待每晚在門口出現的那條跳躍的鮮魚。她是照舊避而不見的，衹會癡癡地看着那一大缸的魚。她把那些花放在貼身的小襖裏，久而久之成了她的體香。在無數個日子後的一個晚上，他敲開了她的窗子。好像鮮魚一樣，溜進了她的身體。這以後的每個早上，他總是從這個窗子裏跳出去到海上去打魚。他的身體壯實得像海中的鯨魚。動作卻靈活得好像海豚跳躍。她迷戀着他的一切，即便知道這最終要招到詛咒。慢慢的，她的身形不再窈窕。漸漸的，村子裏多了閑言和碎語。那男子答允她一定會和她廝守到老，可是，他的漁船卻越跑越遠。終於有一天，大缸裏再也沒有了新鮮的魚。

沒有他的日子，她天天站在海邊。風吹雨打，她盼望他的回來。佛羅交怡的天空永遠蔚藍，而她珊瑚般的眼睛也決不泄漏半點心中的懷疑。終於有一天，海水褪了下去，再也沒有漲起來。她看到了海底的扭動的水草，還看見她親手做的珊瑚鍊子。女子的身體僵硬的滑了下去，直到海水將她冉冉地托起。

「孕婦島」的山鷹在低空中不停地徘徊、鳴叫。把我的遊魂從幾千年前喚回，醒了醒了，我已漂離得太遠太遠。用了一些力氣，從潭中游回到岸邊。上岸，抹乾身體。驚喜自己的皮膚柔滑，頭髮黑順，臉色好像初生的嬰兒般紅潤。這神奇的、天然的水，讓我怎能不感謝。坐回快艇，我從這女子的體內滑出。窺豹一斑的目睹了大自然的神奇。耳邊傳來山鷹的句句再見。遠遠回望，「孕婦島」漸漸消失在海天盡頭。

夢的翅膀／馬拉西亞檳城

在馬來西亞的最後一夜，我們去了檳城郊外看螢火蟲。從市中心出發，車程約兩小時，到達了一個偏僻卻富裕的小漁村。帶我們看螢火蟲的船夫姓張，祖籍潮州，説着一口潮州口音的普通話。皮膚黝黑。好心的張知道我們還沒吃晚飯，給了我們一些自家做的糕點墊飢。糕點的味道早已忘了，祇是這分溫情卻依然蕩漾。

小艇駛入一幅南洋風情的濃墨淡彩中，岸邊椰影婆娑，水上人家在船屋上戲耍休息。偶爾還有夜歸的漁船從身邊飛濺而過。抬頭看天，數不清的星星在天幕中嬌媚地眨着眼睛。涼風襲來，不同的熱帶植物在岸邊輪流變換着鬼臉。小艇悠悠前行，張一路介紹：這一家的小龍蝦遠近聞名。那一家是杭州人，所以家門口種着楊柳。這一棟房子是養家燕的。那一個漁場的魚啊，每天裝成三個集裝箱，運往世界……張一路說來，周圍的一切就變成了珍寶。小艇前行約半小時，河道漸漸變寬。張的話慢慢少了，祇聽到小艇劃過水面的聲音，周圍越發寧靜。那一瞬間，我彷彿走進了夢中。

無數的小精靈出現了，一閃一閃的上下飛舞着，如夢如幻。好像維港兩岸的萬家燈火；彷彿紅磡歌迷揮動的閃閃熒光。螢火蟲近在咫尺，點點飛舞的光亮溫暖而清淨。那種純樸的屬於自然的美，令我們驚嘆造物主的神奇。「快看！聖誕樹！」真的，我看見成千上萬的螢火蟲聚集在樹上，一棵美麗的聖誕樹出現在眼前。張也高興起來，說這種景象難得才見，快許願吧！

張拿起帽子撈了一把螢火蟲，這些神奇的精靈，受了驚嚇全關上了燈。張笑着說牠會爬進人的耳朵吃活靈。我們害怕弄傷了牠們，也就連忙打開帽子。牠們飛擁而出，在漆黑的夜幕中，亮起小燈，揚長而去。牠們飛啊飛，飛進了星空，成了許許多多星星中的一顆。有隻小小的螢火蟲，竟不捨離去，毫不害怕地停在我攤開的手心裏。我吹了口氣，小精靈起飛了，亮着尾部的小小燈盞，帶着我的心願，越飛越高，越飛越遠……我好奇的問，螢火蟲的身上為什麼有小燈籠呢？張說，在螢火蟲體內有一種燐化物的發光質，經發光酵素作用引起一連串化學反應。張還說，螢火蟲從卵到幼蟲然後變成蟲前後需要兩年的時間，而牠們的壽命一般祇有五天至兩個星期，這段時間主要為交配繁殖下一代。牠們之所以亮燈其實就是為了求偶。

生命，如此的讓人尊重。聽完張的講解，我們都沉默了。這小小的，毫不起眼的小東西是多麼讓人敬佩。牠的生命如此的短暫，窮一生的努力，面對大自然無數的挑戰，衹是為了天賦的使命。牠燃燒小小的身影，飛舞着夢的翅膀，為了生命中僅有幾天的燦爛。牠快樂的生活着，即便已經到了生命的盡頭。牠依然亮着燈，自由的飛翔。

給禪

背着背包四處流浪的日子，離我已經越來越遠了。要不是FB突然彈出的照片，我已經忘了自己曾經有那麼長的辮子，還有一對綠瑪瑙的耳環。原來記憶並不可靠……那麼還有什麼是可靠的呢？或許是文字，或許是物件，或許是時空隧道裏偶爾冒出的那些碎片。想念那個多年前流浪四方的自己，還有那雙穿過長長黑髮的我的手。

鳳凰來儀／中國湖南張家界

走在遊人如鯽的鳳凰古鎮，沿着青石板走到沱江邊。岸邊是一排錯落有致的吊腳樓，映襯在春日的紅桃綠柳中，在雨後的早晨顯得分外的嫵媚。走過小橋看流水，江水清澈見底，江中有魚，成群結隊。

江上有一橋用石塊連接，遊人們在大小石塊上跳來跳去，興奮地叫，擺出各種各樣姿勢，不顧危險拍着照。有出租服裝拍照的小販，服裝道具種類之多堪比專業：傳統苗族裝，土匪露胸裝，八路灰布裝，國民黨制服……一時間，各朝代的皇妃、宮女、皇帝、二哥都出現在沱江邊，嬉笑聲、叫嚷聲讓江水沸騰了起來。

走着看着，似曾相似的情景。是閑逛麗江古城時留下的記憶？還是穿梭在江南水鄉間的停格？一切太像了，同樣的小橋流水人家，同樣的笑聲叫聲喧嘩聲吵鬧聲，同樣的旅遊紀念品……太多太多太多的雷同。寧靜的古鎮終究抵擋不了觀光的人潮，吊脚樓的旖旎風光和拿着棒槌洗衣的苗家女子在黃永玉的濃墨淡彩中隱沒。

避開人群，拐進小巷。兩邊人家，黑磚白墻。

屋前是幾盆黃燦燦的油菜花開得燦爛。人少了，連空氣也變得清新朗潤起來。七拐八拐地走到了沈從文故居，門口站着一個穿苗族服裝的女子，皮膚白晰，眉目清秀，一笑露出兩隻大虎牙。她笑吟吟地收着門票，一邊利落地安排着景點的講解。她應該是沈先生筆下的蕭蕭吧？美麗而聰慧。旁邊有個買書攤，現場買書可以刻印，買了本《沈從文的鳳凰城》。

興步向前，一個背着竹簍的苗族女人從巷間走出。女人長得矮小，即便頭上包着高高的藍色頭布，也是一個小孩子的高度。她臉上皺紋堆起，露出一排白色的牙齒。她揮手示意我買她手中的油菜花環，又拿出竹籃裏的苗族娃娃，我擺擺手繞了過去。她還是不甘心地追了上來，把蠟染的花布打開，摸出兩隻髮簪。一隻銀色的鳳凰和一朵銀色的百合。簪子顯然用過，氧化且手感偏輕，圖案卻並不多見。她指手畫腳，並攤開一隻手掌，向我示意。我掏出一百塊拿走了兩隻髮簪。她追了上來，還給我五十，並咿咿呀呀用雙手比劃着告訴我兩隻共五十。這時，我才發現她是個啞巴。

青石板兩旁的店鋪林立。賣的都是差不多的

貨物。一家賣蠟染衣服的小店，掛着各式各樣的服裝。我在門口看了一眼，阿妹就拿着衣服追出來招呼了，問及可否機洗？阿妹老老實實地說：「會掉色。」我一聽，想起在印度買的那堆衣服，把家中浴缸都染成了藍色，沒敢要。阿妹也不生氣，還是笑吟吟地招呼着。

我被一股濃鬱的薑糖味所吸引，順着味道走到一家薑糖店門口。一個男人正拉着金黃色的薑糖在舞蹈，空氣也變得火辣辣起來。金色的凝結物在男人的手中飛舞，時上時下的變換着形狀和顏色。陽光正好射在男人古銅色的皮膚上，周圍的遊人都圍了上來。工作中的男人魅力四射，嘴哼着山歌，自信而又滿足的展示着他的手藝。女人忙不迭地將現製的薑糖分給每一個過路的遊客試吃，看着人家吃完了，又忙不迭地將薑糖塞過去。真好吃，甜甜辣辣的味道，熱乎乎的在齒間留香，手跟着就去拿錢。一會的功夫，男人手中的薑糖已經變成女人手中的錢了。他們笑了，是那種滿足、開心，勞動後得到豐碩收獲的憨笑。

我在鳳凰停留的時間最多五六個小時。但還是可以在這走馬看花的瞬間，體會到湘西人的淳樸和憨厚。鳳凰給我的印象不是驚艷，而是樸實，那是一個充滿人情味的地方。在那裏，有純潔善良的翠翠，有淳樸憨厚的儺送，有美麗的三三和傻傻的蕭蕭。沈從文筆下的靈魂依然在那片美麗的土地上生生不息的生存着。

夢影曲／中國湖南張家界

沈從文在其散記《沈從文的鳳凰城》中寫道：湘西女性在三種階段的年齡中，產生蠱婆、女巫和落洞女子。窮而年老的，易成為蠱婆，三十歲左右的，易成為巫，十六歲到二十二三歲，美麗，性情內向而婚姻不遂的，易落洞致死——三種女性的歇斯底里，就形成了湘西的神秘之一。類乎這類文字很多，用沈從文的原話來講：「都是浪漫與嚴肅，美麗與殘忍，愛與怨交縛不可分。」

對於湘西風土人情的認知，很多都來自沈從文。與我來講，來到張家界，更多的是為了看山。漢賦中有個詞「崢嶸崔巍」用來形容張家界的山就最好。在我的眼中，這一座座盤踞在此千百年的奇山，猶如一張張怪臉生活在湘西這塊充滿神秘的土地上，他們是充滿生命力的，蓬勃而又怪異的。

坐着纜車一路向上，眼前出現了一個德國男人的臉，挺拔、消瘦，眼睛凹陷有神。頭上是挺立向上的小松樹，時而有松鼠在髮間穿過。男人依然目不轉睛地望着遠方，他是那麼的認

夢影曲

我從前夢見過熱烈的愛情，

夢見美麗的卷髮、桃金娘和木犀草，

夢見甜蜜的嘴唇和辛酸的話語，

夢見憂鬱之歌的憂鬱的曲調。

這些舊夢早已殘破而無影無蹤，

連我那最可愛的夢影也已消逝！

留下的祇有我從前在那輕柔的小調裏，

熱情奔放地寫下的小詩。

孤獨的短歌呀，你還留着！現在也去吧，

為我尋訪那消逝已久的夢影，

你若遇到了她，請你替我問好

我要把我的幽思送給那個幻影。

——海涅

真，那麼的一絲不苟，甚至他是緊張的。下巴的肌肉緊緊的繃直，拘束而又嚴謹。我把這座無名的山看作是個德國男人，實在是山本身過於神似的緣故，還有就是我的隨身背包中的《海涅詩集》。在這本詩集中有着我特別喜歡的《夢影曲》，我曾許多次的翻閱它，一次次走進別人的夢裏，看到憂鬱背後的炙熱，一年又一年的燃燒。但願，我可以看到那個幻影，將他的憂思送給如夢的她。

纜車站附近有個小鎮，跑到鎮裏逛了一圈。鎮中有一座觀音廟，光着頭的和尚穿着袈裟挨在廟前無所事事地東張西望。時不時和對面米酒店的老闆娘説上幾句。春風吹來，米酒的香味四射開來。在晚霞的照射下，雪白的米酒發出銀亮亮的光。那濃鬱的酒香讓人忍不住的就嘴饞起來。説是酒，米香的成份更多了點，甜甜的、糯糯的、香純的，齒間還迴旋着酒香，耳邊就聽到「嘩嘩嘩……」的流水聲，順着流水聲尋去，在人家的屋檐下，居然出現了一個大瀑布。瀑布的水很急很大，呈直綫狀往下飛流。在落入河水的那一瞬間又突然呈L狀的流入河中，水面在遠山的倒影下變換着曲綫的向前流動着，夕陽在小河上不失時機地撒了一把金子。河的兩邊是鎮上的人家，做着買賣，過着日子。河道的中間是數十塊大石頭搭建的橋，紅衫綠襖在橋上跳動着，不一會的功夫就到了對岸。岸邊有洗衣的女子上下揮動着棒子，水花就跟着跳了起來，「嗙！嗙！嗙！」越跳越高，越高越歡騰了。

遊人越來越多了，個個都爭着和瀑布拍照。往回走，到了一家米豆腐店，坐在豆腐店門口等吃的時候，抬頭看就是遠山前一座牌坊。上面的「貞潔」兩字清晰可見。（寫到此處，我在網上將電影《芙蓉鎮》看了一次。中國的階級運動一次又一次的將人性的醜陋從本質中挖了出來。電影中的貞潔牌坊成為一種意象代表着傳統儒教思想，和現實生活中的罪惡，黑暗形成了一種鮮明的對比，一種絕對的諷刺。又或者說，貞潔牌坊成為一種象徵，壓在人類的原始欲望上，無休無止。物欲也好，性欲也罷，中國人就這樣被一塊石頭壓抑着，喘不過氣來。）

這是古華所書寫的《芙蓉鎮》所傳遞的信息，這種被石頭壓抑的情感和《夢影曲》所表達的熾烈截然相反（當然也沒有可比性）。而眼前，青石板還在，石頭橋還在，貞潔牌坊下的米豆腐店還在。米香撲鼻，熱氣騰騰，葱花辣醬加在雪白的米豆腐上，貞潔牌坊下掃着青石板的女人拿着掃帚，唰唰唰……唰唰唰……

我在貞潔牌坊下的米豆腐店前等吃的時候，和一個同檯不相識的香港女子聊起這方山水。她說：湘西山高水急，地苦霧多，此地人性格外勇鷙膘悍，但又豪俠好客，有點像沈從文說的遊俠者。話題又扯到婦人為鍾情的男子下蠱毒這個特別的話題。我們一致認為生活在大山裏的女子本身就是悲劇的主角，又窮又苦又寂寞的人生使她們成為寄居在男子身上的菟絲子。她們的出生注定不能自製養份，以活的有機體為食，而使寄主植物逐漸枯竭死亡。她們是足以致命的依賴者。

分開時，我把啞巴那裏買的髮簪送了一個給這匆匆一面又非常投緣的女子，約好香港見。之後在香港也偶爾見，她是個遊俠，豪爽仗義，長期擔任無國界義工，浪跡天涯。有一次，她傳來一張照片，黑髮上插着我送她的髮簪。在這裏我謝謝她記得這分的情誼。也想念那個多年前流浪四方的自己，還有那雙穿過長長黑髮的我的手。

禪是一枝花／中國 雲南 麗江

黑鳥從旭日上掠過，紅花在白雪下綻放。這大朵大朵的茶花隨同玉龍雪山的白雪紛紛，將記憶定格在麗江。

二零零九年夏初，我來到夢中的麗江。遠遠望去，玉龍雪山高聳入雲，山腰間霧氣瀰漫，玉帶環繞。旅遊車駛近，雪山女神披着白色的面紗，在藍天白雲下姍姍而來。女神腳下，綠樹翠竹、鮮花盛開、泉水叮咚作響，春意早就濃到抹不開了。四周空氣纖塵不染，到處迷漫沁人心肺的絲絲芳香。玉峰古寺在綠林鮮花中掩映，周圍有好幾條從雪山上淌下的玉泉，其聲如罄，好似哈達呈祥，應和着林中鳥鳴，更顯得古寺的清靜高遠。寺門上，一幅大紅對聯：「世上無雙地，天下第一枝」。

走進寺內，一棵巨大的茶花樹，挺立院中。其樹冠達十多米，長長的樹枝托着綠葉紅花，據說此花一年總共要開兩三萬朵，被稱為「萬朵茶花」。山茶之王至今雖已經歷了五百多年的風霜雪雨，卻越發生機勃勃，花兒越開越多。這就是楊朔筆下春深似海的茶花。那一團團燒得正旺的火焰在油光碧綠的樹葉中閃耀，那樣的紅艷、嬌美……讓人忍不住走近、走近、再近點。仔細看，這樹上的花，左邊的是單瓣，右邊的為複瓣。樹旁有個石碑介紹，原來在五百多年前，有情的納西人同時拼栽的兩棵茶花樹，一棵名牡丹花，一棵叫獅子頭。天長日久，兩棵樹合長在一起，風吹不開，雷劈不散，恩愛難離，因此，納西人又叫它為合歡樹。

我默默注視着這棵合歡樹，幾百年前的一個偶合，兩顆幼苗走在一起，肩並肩、手挽手，擁抱着走過春夏秋冬。他們頑強地活着，承受風吹日曬，每片葉子，每朵花兒都折射出蘊藏在植物內心世界神秘的光環。那股蓬勃頑强的生命力是否來自於對生命的忠貞？用堅忍的生命來展現生命的美好。在無數次花開花謝中，他們一次又一次的傳遞生命的真諦，詮釋忠貞。

與步走來，寺內走廊一側張貼一篇新聞稿件《一生祇為一棵樹》，內容是介紹有「護花使者」之稱的那督喇嘛與茶樹結生命之緣的感人故事。守樹的老人是附近的納西人，自幼出家。幾十年來，他與萬朵山茶同悲喜，共命運。文革開始「破四舊」戰鬥隊曾經闖入寺內，逼老人還俗搬出古寺。老人站在花樹前，正氣岸然：「我離不開這花，花也離不開我。你們就是殺了我，我的血也要澆在花樹下。」老人終於像玉龍雪峰一樣，擋住了那陣狂風，也保住了這棵萬朵茶花。此後的漫長歲月，那督老人一直廝守着這棵茶花，日日與之相伴，為其修枝、施肥、澆水、焚香默坐，靜習佛典，成為一名為一棵樹而活着的茶花僧。

環顧周圍，果然有位老者默坐在屋檐下，雙手托着下巴，半眯着眼睛望着樹冠已一片燦紅的大茶花樹。老人未穿僧袍，頭戴五十年代時髦一時的伊萬諾夫式鴨舌帽，身穿藍布中山裝，脚上套着黑色呢面鞋，看上去垂垂老矣。我上前問好時，發現老人的耳朵已聾了，靠攏耳朵大聲説話，他才能略微聽得到。他露出孩童般的微笑，眼眸中飽含着單純的深邃和慈祥的澄明。

目睹茶花璀燦盛況，看見葱綠的葉片，黝黑發亮的樹幹。平靜的心不由為之怦然，那蓬勃頑強的生命力是得到玉龍雪山的庇蔭嗎？抑或是喇嘛虔誠之心的應驗？情到深處，可以通神，老人的一腔心血早已融入這棵樹中，他日羽化而去，精魄亦必將灌貫於花樹之中。他用忠貞詮釋了生命，他用聖潔的心守護心中的佛。老人那顆悲憫的菩提心，就是一朵寂靜的大茶花，祇有在這片神奇的土地上才會出現超越了生命極限的神話。

茶花院的柱頭，題有一幅對聯：「花性即佛性乎？有機有緣有果；禪機乃天機也，無形無意無言」。禪是一枝花，任何生命，都可以是一枝花。花開花謝，自有圓融。千年古寺、萬朵茶花、合歡奇樹、百歲老僧、都可以化為一種精神、一種信仰、一種氣節、一種生命中內存的力量。任何生命都會枯竭，又有什麼可以永存呢？

聽那一聲／中國香港

清晨，當天邊第一道陽光射入雲層。報更的鳥飛了起來，深藍天幕中的小黑點奮力拉開了厚重的雲層。牠邊飛邊叫，餘音裊裊，不絕如縷，在這個密集的城市中。在這個繁華之地，長着無數摩天高樓的地方。無數隻鳥也跟着叫了起來。一隻、兩隻、三四隻，此起彼伏、唧唧咋咋、呼天喚地。這些鳥，為了擁有他們的居住地，也有一套弱肉強食的生存法則，就好像有錢人住大屋，基層百姓就祇能居住在小豆腐一樣的房間裏。這些鳥，並不是所有都可以栖息在公園裏、草叢中、大樹上，寄居在人家的窗口邊、花槽裏、空調的縫隙中，或許也是鳥兒一種無可奈何的生存方式。

我家的空調機邊就住着這樣的幾隻鳥。牠們每天早上在我耳邊呢噥，啾啾唧唧的聲音，鳥媽媽的叮嚀。我很喜歡這樣的鬧鐘，把偶爾上班的遲到歸結於牠們晚起。「羽毛和糞便會弄壞空調的。」鐘點工說。我實在不忍心毀了牠們的栖息處，藉口說忙，就任由着牠們住在那兒。每次開空調，必定先在空調殼上敲打幾下，想像牠們聽到聲音必會飛走，想像牠們聽明必不會在馬達邊築巢。每天，我在牠們的叫聲中感覺雛鳥逐漸長大，牠們有時齊聲歌唱，有時七嘴八舌，有時又突然有其他鳥種的叫聲，想必是有朋自遠方來，因為那時牠們聲音就格外的珠圓玉潤。劉鶚在《明湖居聽書》寫王小玉的歌聲餘音繞樑、天上人間，我想也不過如此。這樣的日子持續了一段時間，直到有一天，鳥媽媽的聲音突然不見了，祇聽到小鳥「嗚嗚」壓低喉嚨發出的聲音。洞簫中的滄桑，嗚嗚然，如怨、如慕、如泣、如訴……這樣的悲鳴，徘徊在窗口好久好久。都說時光飛逝，但我常常覺得時光常駐，要走的或許祇是我們。

雲層滾動變換光亮的時候，無數隻鳥飛起、捕捉完小蟲又突然消失不知隱身何處。我居住在青衣公園旁的高樓整整二十年，人生不短的日子在這小屋度過。小屋的上一手是一位台灣太太，賣樓時她站在窗邊指着外面介紹：「沒有地鐵的時候，公園過去就是藍藍的海啊。」台灣人的國語，把「藍藍的」三個字拖得長長的。我常常幻想遠處的高樓瞬間消失變成彎彎的海峽和天相連，藍藍的畫布上漁船點點，海鳥翺翔。而現在，我看到盤旋在葉公樑柱上的龍，點睛後，成了呼嘯的鐵龍。鐵龍用最快的速度連接港九，直達機場。

當第一杯咖啡喝完，又到上班時間，又是必經的公園。此刻，哪怕雲層足够美麗，上班一族照例無暇抬頭，照例的脚步匆匆，照例的灰頭土臉，照例地打着睡不醒的哈欠，照例的總有幾個小孩給工人拖着走，眯着還未睡醒的眼睛，嘴裏吃着麵包，鼓着兩腮嘟嘟囔囔、含含糊糊地抗議。此時，大樹下有張椅子，椅子上是一對夫婦，女人摸着肚子説話，説的是天氣很好，景色很美，下個月就可以看到BB。男人和女人都是快樂的。是的，新的生活即將開始，一切都是喜悅和充滿期待的。此刻，如果再看遠點，大樹下有張椅子，椅子上是個阿伯，老而木訥。他是那張椅子的椅主，每天上班看到他，下了班還坐那。他喜歡聽鄧麗君的歌，把錄音機開得震耳。此刻是《何日君再來》。「好花不常開，好景不常在……」沒完沒了地唱。廣場舞的音樂響起，太極扇子啪啪作響，做運動的女人在一個吱吱嘎嘎的藍色圓盤上扭動着並不苗條的身體和對面並不苗條的女人一起扭來扭去，扭來扭去地說：「聽講陳太離婚了……」八卦的風兒，帶着桂花甜絲絲的香味，聽着這座城市最常聽的故事。「好香的桂花」女人們跟着風兒轉換着話題「可以拿來做桂花糕。」「沖茶不錯。」拿着鳥籠的阿伯搭訕着，看着扭來扭去的女人並不搭理自己，搖搖頭，學着畫眉鳥叫向前走。

雲層隨着太陽昇起變換成天藍，掛在杉樹上的幾隻酸枝鳥籠隨着風搖搖晃晃。籠中的畫眉鳥叫了起來，百囀千聲。不遠處是一個小小的，開滿杜鵑的山坡。上下一次山，看草賞花也不過半個小時就可以打個來回。花季時，滿山繁花，姹紫嫣紅，如果你願意像我一樣，把自己縮成一隻鳥的大小，那麼這小小的山坡因為風吹滿山，紅艷嘩嘩，就有了氣壯山河的豪情。如果此刻有風，不是那種拂面的春風，而是足以讓枝葉搖動，讓樹木落泪，讓林中鳥拉着二胡，野蜂飛舞般亂轉亂叫的風。公園就更美了，那滿地的落葉落花，黛玉來了、寶玉來了，恐怕小小的竹籃和羅帕是裝不下那麼多的呻吟的花魂。瑰紅如紫荊、金黃如水杉、血紅如紅葉……爭先恐後、前赴後繼的，為這樣的風而殉情。葉如淚，花成塚。如果正好遇到這樣的大風，我必然會遲到了。而這樣的大風是前世的一場約定，今世不期然的偶見。

相信嗎？空氣是會唱歌的，在都市中，唱着讓人心猿意馬的歌。不得不承認，那是一首煽情的歌，讓人以為一切都是美好的歌。可畢竟是靠工作為生的人啊。即便前世是鳥，即便再怎樣留戀綠林，也必定要走入紅塵。踱步出了公園，急步過了馬路，合着紅綠燈的聲音和派報紙的女人説着早晨。走進地鐵。那擁擠的人群，那流動的人流，那八達通的嘟嘟聲，那唰唰唰的脚步聲……前世回溯，聽那一聲。

一期一會／中國香港

此時，如果你和我一樣，穿着一身緊身黑色夜行服，站在中銀大廈那座匕首般的大樓尖頂上。看着眼前的維多利亞海港猶如迷人、鬼魅般的妖精。城市中數以萬計的摩天大樓是她的長髮，燈光在她的髮間閃爍，懾人心魄。那緩緩轉動的摩天輪，眼睛般的。是的，含情脈脈的香港，是她現在嫵媚的模樣。那麼就讓我們像電影中的蜘蛛人那樣，從大樓上一躍而下，飛快地越過街道兩旁熟悉的霓虹招牌，穿過德輔道汽車與電車交錯的街頭，在燈紅酒綠的蘭桂坊隱形，然後拐個彎走上石板街，站在大館的荔枝樹下，搖身變成身穿旗袍的溫婉女子吧。吸一口氣，習慣一下這種熟悉又陌生、日常與科幻交錯的感覺。我們居住的城市，這個魅力無窮、魔力四射的城市，神奇、詭异、不中不西、不洋不土的香港，怎能讓人不着迷呢？而此時我們要去見證一場早已不存在的優雅，那些曾經長久以來備受世人珍視的特質。

我們從中銀大廈的頂尖，穿越半個城市來到此處時，陽光正略微移過高樓稍稍西斜。茶席一角的席花枝條斜斜昇了出去，在白宣紙做的席布上畫上了幾條花枝，淡淡如水墨般的空靈。花枝間的藍色綉球也因角度的關係，隨即在白宣紙變成幾朵雅緻梅花。黃國維在《人間詞話》提出「有造境，有寫境，此理想與現實二派之所由分。」這茶席上的插花和席布上的倒影，是陽光運用綫條和淡墨的寥寥幾筆。大道至簡，就這幾筆已足夠點睛。花的嬌媚、葉的鬱鬱、枝的線條，這些大自然贈予人類的禮物，美好而神奇。每一種植物都有自己的表情和形態。而插花的過程就是面對自然，通過造境來表現內心獨白，以境帶心，以造擬情的過程。手中的花獨一無二，如何彰顯個性，還原本真，成為藝術品，除了對花的喜愛，還要有一顆歸於自然的心。大凡藝術創作皆離不開「一切景語皆情語」的感情觸動，讓手中的花表現出獨特的「花語」，形成了不同的審美表現特徵。我看茶席上的插花，一花一影，兩種姿態，實在是妙不可言。席主布衣素手，茶客輕言細語。眼前疏影橫斜，暗香浮動。在優雅空白的今天，誰又能負擔如此的優雅？考夫曼說：人人皆能優雅。

靜心聽哦，我們聽到的水聲並非簡單來自壺中變魚眼、變蛙叫的滾水聲。而是經過千百次輪迴之後，穿越整個天地來到我們身邊的宇宙使者。他們來自天空、湖泊，高山之巔或地底深層，而此時他們正在紅泥小爐上的鐵壺中作松濤之響，翻雲霧之氣勢，不惜粉身碎骨地撞擊着自己。

茶已取出，放在作茶則用的黃色宣紙上。供茶客輪流欣賞。這種學名非常好聽的「鳳凰單叢」茶，有俗名叫「鴨屎香」，一個被人牢記的俗名背後必定是被詛咒的妙麗佳人。茶則上的茶葉烏綠油潤、條索粗壯。細微處，葉紋扭曲着，集合天地靈氣的修行。此時，紅泥小爐上的宇宙精靈化為翩翩公子，去邂逅一場等待。這相遇是如此的美妙，宇宙中的輪迴，千年一回。日本人在茶道中提出「一期一會」，在茶會中領悟所有的相會都無法重來，要竭盡全力地活在此刻，認真對待生命中的每一次。是啊，當下的時光不會再來了，眼前的那個你即便來日重聚，必不是今日的模樣。茶和花在這裏有着異曲同工之效，人和自然的交談。席主奉茶説：這茶中的清、香、甘、活，唯有「活」不好講，在悟。沖泡後的「鳳凰單叢」湯色橙黃明亮，高山野韻撲鼻。這一口，入喉爽甜柔順，滋味醇厚，回甘綿綿。茶香似花若蘭，從來佳茗似佳人。

這場「花幽茶趣」設在香港文化館演講室外的冰冷走廊上。如果我說的冰冷走廊讓人覺得這樣的環境有何清雅可言？那麼請看神來之筆。四君子中的竹擔當起間隔的作用。這大理石地面，玻璃鋼窗白墻的空間，因為有了竹子，一切都生機盎然起來。竹子在斜斜陽光下把自然環境移入室內，竹影就在大理石的冰冷走廊上鋪上了一幅天然的水墨。客在畫中喝茶，仙人一般坐在草墊上。而這竹子，並非全部翠綠，有的已有黃葉，有的呈枯萎狀。我喜歡這樣的自然，日本美學中侘寂（Wabi Sabi）的表現。在有缺陷的事物和不完整的形式中表達內在的真實。主人原可以選用翠綠的竹子，因為有了黃葉、有了枯枝，更有了歲月感和屬於歲月中的孤寂和故事。席散清場。手一揮，麻布茶巾取下，露出博物館平時的長條凳子。信手捏來的大師手筆，運用身邊器物，自然布景，在人與周圍事物中尋求和諧關係。其中點滴，無不包含着東方思維中的天人合一和日常修行。

和我一樣，你正在見證一場優雅。這世間美妙的東西，不少不多。這世間的路不短不長，正好讓我們去看沿途的風景，去體驗人間的美好和缺陷。Wabi Sabi 告訴我們，人間並不完美，讓我們感謝生命中的每一次遇到，好的或者不順意，去體驗、去接受、去享受並學習，讓自己和心靈和自然對話。旅行、寫作、泡一壺茶或者跑步、工作、坐在擁擠的地鐵上，聽風從縫隙中傳來怪獸般的呼嘯聲。

小記：

二零一八年深秋的一天，我應香港茶文化院院長葉榮枝先生邀請，參加了在香港文化博物館舉辦的「花幽茶趣」品茗雅賞分享會。見證了一場化腐朽為神奇，化冰冷走廊為溫馨茶室的優雅盛事。在優雅空白的今天，誰又能負擔如此的優雅？考夫曼說：人人皆能優雅。

給王子

給我的小王子，還有小公主們。當行走的腳步越走越遠，越發覺得自己的渺小。浩瀚宇宙中的一顆細小沙子，面對大千萬物的變遷，面對先賢聖哲的教悔，像海綿吸水，努力地領悟。我但願自己和你們一樣，依然具有一個初生孩子的力量，努力生長。具有一個初生孩子的童心，善良、好奇，對天地萬物有一分直接的、溫柔的感受。像枝頭的一朵花，燦爛開放。有朝隨風，不留遺憾。

我要把我接下來的幾篇短小的旅遊隨筆送給我的小讀者，這些在不同出版社的教科書或者是教材中曾經出現過的文字，若你見過，希你喜歡。當有一天，你長大了，我多麼希望你依然擁有童心。

因為童心是你的玫瑰，於你，是生命中的獨一無二。

深秋的中文大學／中國香港

深秋的中文大學景色艷麗。大自然像打翻了調色盤，在各種各樣的植物上隨意潑抹顏色。遠處的馬鞍山，是墨綠的駿馬馳騁在藍天白雲下，牠昂首挺胸，闊步向前。山的下面是棕紅色的楓樹，楓葉正紅得燦爛，陽光在楓葉中時隱時現，和金黃的草兒捉着迷藏。近一點的地方是一排諸紅的杉樹，樹葉婆娑、樹影斑駁，在秋風中跳着歡快的舞蹈。快來聽聽，葉子在唱歌：「沙沙沙、沙沙沙」。睡蓮也跟着醒了過來。你看！她們正張開笑臉，對着你微笑呢！

自然的容顏／中國香港

無疑這是一棵木瓜苗，在吃了一隻木瓜後，隨手留下的生命。它長在花槽一角一隻破舊花盆裏。在這小小的空間、貧瘠的泥土裏，它居然鑽出了土，長出手掌般大的葉子，葉紋也清晰和明亮。她的綠是幼嫩的，上面還有一層毛絨的白色小毛，像剛剛出生的小嬰兒。露水在他的身上滑過、朝陽在他身上舞蹈、風兒在他的耳邊呢噥。而它搖曳着青葱，在自然的容顏裏，散發美麗的生命。

還有什麼比這樣的容顏更讓人心醉呢？

海邊的夏天／中國香港

炎炎夏日，到海邊走走，不失為消暑避熱的好選擇。

海邊的夏天是熱鬧的。看！小孩子在海灘邊追逐，在沙灘上打着滾，在海水裏嬉戲……那一串串歡笑聲，那一陣陣尖叫聲，伴隨着海浪此起彼伏。土黃色的沙灘上留下一雙雙或深或淺的脚印。不一會兒的功夫，海浪撫平了沙灘，黃沙細石下露出一隻隻小小的貝殼。

海邊的夏天是悠閒的。藍藍的天空中飄着白

白的雲，雲兒似乎睡着了，一動不動地睡在空中。沙灘上有一些樹，陽光照射在墨綠色的樹冠上，遠遠看去就像一把把大大的傘。傘下總有些悠然自得的人，或看書，或小睡，在金色的沙灘上，享受着夏日吹風的舒適。

海邊的夏天是美麗的。太陽毫不吝嗇地在深藍色的海面上，灑下一把把金子。波光粼粼的海面，零星地點綴着幾隻小漁船，漁夫在那裏撒着網。遠遠看去，就像一幅美麗的剪影。剪影是黑色的，用金底襯托着，留在夏天的海邊，也留在人們的記憶中。

西湖春天／中國杭州

西湖春光明媚，人在湖畔，就像是置身於油畫中，美麗極了！

看！白堤邊的楊柳在微風中舒展着柔軟的腰肢，嫩綠的幼芽在枝頭上，唱着歡樂的歌謠。

「沙沙沙……沙沙沙……」他的歌聲喚醒了身旁的桃花，一眨眼的工夫，桃花在陽光下綻放燦爛的笑顏：紅的、白的、粉紅的、桃紅的、紅白相間的。她們或憑水而立，或依在橋邊。一瞬間，藍天白雲下，一大片桃紅柳綠，形成會動的風景畫，令人目不暇給。

走一圈，拐個彎就到了蘇堤。向前走，翻過一座座橋，走過一棵棵樹。耳邊是「嘀哩哩……嘀哩哩……」的黃鸝聲，眼前是煙波渺渺的西湖。走累了，找個亭子坐下。湖面清澈如鏡，那紅紅白白的桃花、青青翠翠的柳樹、白牆黑瓦的人家，全都倒映在湖中。讓原來一碧如洗的湖面變得色彩斑斕起來。天空中，偶爾飛過一群小鳥，在湖面上飛快地留下幾個小黑點，然後又迅速散去。

「上有天堂，下有蘇杭。」人間美景，莫過如此。

土耳其雪人／土耳其安卡拉

打開窗，一大群鴿子在冬雪中飛舞，拍打着翅膀，發出「噗、噗、噗」吃力的聲音。在安卡拉的上空，合着大朵大朵的雪花一起旋轉。

土耳其的鵝毛大雪讓好久不見雪景的我大為興奮。一晚下來，旅遊車已經被冰封。司機和導遊正忙着修理和鏟雪，我和新認識的三個護士姑娘一起在路邊堆雪人。酒店的門衛熱心拿來了鏟子，我們帶着手套在冰天雪地裏笨手笨腳地玩。來自台灣的四個老太太，也加入了我們的行列，人多力量大，很快的一個可愛的雪人就完成了。我興奮地跑去設在大堂的餐廳，拿了一些橄欖和一個胡蘿蔔，廚師看到我開心的樣子，還將他的廚師帽借給了我。

在土耳其安卡拉的一家酒店門口，有一個一人高的雪人，他歪着紅彤彤的鼻子，裂開着黑橄欖的嘴巴，戴着一頂白色的廚師帽。今天，它還在嗎？在冰天雪地的現在，他應該越長越大吧？

黃浦江畔／中國上海

遊客來到上海，不能不去黃浦江畔走走。黃浦江不止是上海的母親河，更是這座繁華都市的標誌。

坐在遊覽船上，看着江面上來來往往的船隻。它們拖着長長的、白白的浪花，神氣十足地穿梭在黃浦江上。海鳥在半空中上下飛翔，或迴旋、或俯衝、或繞着船隻。站在船上極目遠眺，兩岸是不同風格的建築物，造就了黃浦江獨一無二的風情。向西看去，可以看到上海原來的面貌。一棟又一棟具有歐洲特色的建築物，散發着濃鬱的異國風情。轉過頭來向東看，可以看到現代化的上海，萬丈高樓平地而起，展現了大都市非凡的魅力。

遊覽船在東方明珠廣播電視塔下稍作停頓，我眯着眼睛往上看。太陽正為這座高聳入雲的建築物披上金黃的衣裳，三個大小不一的玻璃球體建築猶如一串美麗的珍珠項鏈，灑落在波光粼粼的黃埔江上。

漫步江邊，秋日的陽光暖暖地曬在遊人的身上，秋風把梧桐的樹葉吹紅、吹黃、吹落，落葉沙沙，沙沙拉拉，伴着腳步唱着屬於上海的歌謠。

水鄉威尼斯／意大利 威尼斯

去年一月，我前往世界聞名的水鄉——威尼斯旅遊。冬天的威尼斯天氣陰冷。清晨的陽光慵懶地照在灰藍色的大運河上。下了船，向右拐，迎着涼涼的風，沿着清涼的石板路向前走：穿越總督宮，途經嘆息橋，走過時鐘塔，十幾分鐘就來到了被拿破侖譽為「歐洲最美的客廳」——聖馬可廣場。

聖馬可廣場上最具代表性的建築物是聖馬可大教堂。遠遠看去，這座歷史悠久的大教堂分為下層、上層、圓頂三個部分。走近看，下層有五個圓形拱門，兩旁是雕飾華麗的大理石柱，遊客可以穿過青銅拱門進入大廳。中央大廳門上刻着各式浮雕。雕工細緻，鑲金包銀，美不勝收。

步出大教堂，繞過各式各樣的面具店、麵包店、咖啡店……繼續往內巷走，縱橫交錯的河道連接着像迷宮般的小巷。河道邊是尋常人家，窗邊晾着衣服，門口種着花。「貢多拉」載着遊客的歡聲笑語在河道上穿梭，靈活地拐個彎又消失了。古老的橋樑像彎彎的月亮連接着兩岸，走在橋上，探頭向河面看去，水中的月亮裏就多了個小小的我。

在嘉年華來臨之前的普通日子，已有遊客戴上面具，行走在橫街縱巷間。威尼斯人把面具作為日常生活的一部分已有悠久的歷史，在十八世紀前，法律允許威尼斯人在一年中的大部分時間戴着面具工作和生活。身披斗篷，臉戴面具，打破了恒常的階層界綫，將現實中的自己隱藏其後，多麼神奇。或許在水巷、在小橋、在街角咖啡店的轉彎處，你會邂逅到歐洲的公主，貴族的後裔或者是鐘樓怪人。

準備好了嗎？讓我們一起戴上面具，然後分

開，直到幾百年後的今天，在威尼斯的小橋上我們相遇……

小記：

「貢多拉」是意大利 威尼斯的傳統小船。船夫站在船尾划船。從前，「貢多拉」是威尼斯主要的水上交通工具，現大多供遊客作觀光之用。

花墟／中國 香港

每當我走在花墟道上，彷彿走進花的世界中。到處是香氣怡人的花啊！菊花、桃花、水仙花……每一種花都綻放着迷人的笑臉；玫瑰、百合、康乃馨……每一種花都散發着芬芳的氣息。

人們興高采烈地盡情選購着這些來自世界各地的花，手裏捧着、懷裏抱着、臉上笑着……

我在一間小店門口，被一種黃色的小花吸引了。花的葉子小小的，像一對對穿着芭蕾舞鞋的小腳，在嫩綠的枝條上規則不一地生長着。微風吹來，細細長長的嫩枝隨風搖擺，小黃花也踮着腳跟着風兒跳起舞來。熱情的店員告訴我，這種花叫做跳舞蘭。我不禁暗自讚歎，真是名副其實啊！

出了門，向前走，是一間賣泥塑製品的小店。店小小的，卻佈置得非常雅緻。祇見大自然中的綠水青山，翠柳紅花被製作成一個個小小的盆景：慈眉善目的老者在茂密的大樹下捋着鬍子下着棋、活潑可愛的小孩在山邊的草坡上赤着腳打着滾、辛勤耕作的農夫挽着褲腿在泥地裏勞動着……那個時候的我，多麼想將自己縮小變成那個在河邊拿着魚竿悠然自得的釣魚郎。

走在花墟道上，看着花、聞着香，暗暗感激着這一塊屬於香港人的世外桃源。

湄南河的風情／泰國 曼谷

船在湄南河中靜靜地行駛。夕陽下，河面泛着粉色的霞光。河道兩岸，家家户户種着花、掛着風鈴，紅藍色的國旗在屋檐下宣示着主權。風鈴叮叮咚，旗幟呼啦啦，風在夕陽間的歌聲傳得好遠。

船慢慢向前，順着河道轉個彎：河道這一邊，破舊的木屋裏住着尋常的人家。沐浴在漂浮垃圾中的女子裏着沙籠，拿着木盆，斜着頭，那長長的頭髮在夕陽下變成了五彩的絲；河道那一邊是金碧輝煌的寺廟，濃郁的色調在蔚藍的天空下顯得神聖而又莊重。寺廟前，一輛粉紅色的出租車停在枝葉婆娑的老樹下，車邊挨着正在打哈欠，皮膚黝黑的司機。做買賣的小船駛了上來，熙熙攘攘間美味的柚子和爽口的啤酒就變成味蕾下搖曳的芬芳。

夏日炎炎，河風習習，小船順流而行，在不同的色彩間穿梭，坐船遊湄南河的時光是愜意、陰柔和嫵媚的，是風情萬種的姑娘在夕陽下的旖旎。我們都不説話了，心在夕陽下打盹，為這悠閑的時間和難得的清閑。祇有樹上的夏蟬不甘寂寞，先是嘰嘰幾聲，接着枝頭就開始嘶噪起來，此起彼伏。南宋詩人范成大形容「蜩螗千萬沸斜陽」原來，蟬鳴聲真的可以讓夕陽也沸騰起來。

天空中的鼓浪嶼

／中國廈門鼓浪嶼

船近鼓浪嶼，就看到鄭成功雕像在藍天碧海中和着波濤矗立着。午後的陽光為這位民族英雄鍍上了一層金黃，顯得那麼威嚴，勢不可擋。踏上小島，遊人如織。信步走走，藍天下的圖畫。那是藍天和建築的巧妙融合，不去說這些形式不同、風格各異的「萬國建築物」井然有序地融合在一起。就單說，那些獨具風格，異彩紛呈的屋頂，此起彼伏地在藍天下綻放，也讓我目不暇給，應接不暇呢！

沿着石板路向前，聽着春蟲在耳邊呢噥，抬頭仰望，黑邊紅瓦、綠草點點、雕花門窗，每個屋頂都顯示着她獨一無二的風情。「金瓜樓」是其間比較有特色的一幢，抬頭仰望，屋頂上的兩個金瓜十分突出，據説是羅馬式的建築，但瓜棱蔓延、春草纏枝，四向飛捲，更具中國傳統。真正是：瓜絡綿延東西情，吉祥其長南北意。

鼓浪嶼街巷縱橫，耳邊不時聽到鋼琴叮咚。走走看着，一股淡淡的檸檬香味清新撲鼻。蝴蝶、蜜蜂在白色的樹幹間忙碌地穿梭着，透過檸檬林看去，藍天、白樹、橙紅的屋頂，對比强烈，形成了一幅異常美麗的油畫。這油畫是用心思一層層建造出來的，屋頂上巧妙地開啓突拱半月窗、觀景廊，一磚一瓦，無不匠心獨特，在屋頂上下了一番功夫。

順着店家的指引，走幾步，拐個彎，向上看，到處是展示在天空中的圖畫。看，那一邊，筆架山頂的觀彩樓樓頂，酷似中國的花轎頂，被稱為「新娘轎子」，實在喜慶。瞧，這一邊，天主教堂高聳的尖形塔樓，層層疊疊，一身素白，點綴在綠蔭樹影間，彰顯神蹟。

登上日光岩頂向下看，在參差錯落的山坡上，在蒼翠欲滴的綠林中，在鼓浪嶼衆多歐式建築的屋頂間，日光岩寺和菽莊眉壽堂的琉璃歇山頂上的嘉庚瓦分外顯眼。橙紅色彩鮮麗高雅，在陽光的餘輝下散發着東方的靈秀。站在岩頂，任海風輕撫，看着眼前美色，不禁心曠神怡。鼓浪嶼的美，從茶葉、美食、建築到人們的起居生活、習性、風俗，無不可歸納為兩個字——和諧。人們對外來事物的接受、改良、包容、創造，中西文化的巧妙融合，造就了鼓浪嶼獨一無二的風情。

日暮時分，登船離去，回頭再見，藍天碧海間出現一個巨形的紅色圓頂，圓頂有八道棱綫，模仿的是伊斯蘭教最古老的建築耶路撒冷阿克薩清真寺，這就是鼓浪嶼的標誌性建築「八卦頂」。眼前，它矗立於鼓浪嶼中部，傲視雲天，與日光岩形成和諧的對景，此般美麗，慶幸沒有錯過。

無錫的雨／中國 江蘇 無錫

無錫的雨以滂沱之勢、雷鳴之聲歡迎着我們。其氣勢之磅礴，聲音之震耳，猶如大自然交響樂在樹上、河中、屋瓦間奏響。如果說春雨淅瀝，切切如私語，最富感性。那麼夏雨則嘈嘈如急，最具陽剛。大珠小珠落玉盤的節奏，明快響亮且氣勢如虹，這聲音連同瓢潑大雨一起迎面而來，無法拒絕的熱情。

原以為在無錫的一點時間，充其量也祇能找個茶室，泡茶隔窗看雨了。可就在福品源吃無錫小籠包和薺菜大餛飩的時候，雨停了。雨説停就停，就像一場演奏突然被中止的感覺，沒有一點停頓、沒有一絲猶豫、沒有一聲餘音。雨就停了。

在蠡園，看到這樣的江南。露珠在荷葉上翻滾，柳條在小橋邊輕舞，魚兒在蓮葉下嬉戲……此時園中安靜極了，交響樂之後的繞梁三日，一切都是那麼的萬籟俱靜。一定要靜下心聽喔，你可以聽到杏花落在池塘裏，荷葉上的秋蟲和雨珠正在私語。説什麼呢？

後記

香港這個百變的城市還在不停地變化，就像在這裏生活的許多人一樣，我們熱愛着這塊奇異多變的土地。我們和她一起成長，一起經歷變化，一起從容不迫地見證時代的變遷。那些一起走過的日子隨着海水流過去，也隨着那些倒映在海水上的斑斕霓虹一起消失不見了。世間萬物都在流動、在變化，永遠凝固不動的事物並不存在。赫拉克利特說：「人不能兩次踏進同一條河流。」人不能兩次踏進同一條河流。維多利亞海港的今日之水已不是昨日之水。寫作讓人學習反思，觀察內心，辨析事物的微觀性。維多利亞海港又永遠存在着，山河湖海，宇宙間永恒不變的宏觀景物讓旅行之路不斷延長，去看一看宏觀的世間萬物，去瞭解一下微觀的細小變化。

我要感謝百變生命中的所有的遇見，從中尋覓和辨析不變的初心。旅行和寫作或多或少都會帶給自己一些啓發、一些得着。我看到那個站在風景之外看風景的自己，那個並不完美的自己。正努力充實自己，試圖為自己尋找快樂，無論是旅行、寫作、畫畫、跑步，哪怕是有着要洗要晾要燙要疊的衣服，哪怕是買菜煮飯洗碗拖地，哪怕工作中有說不完的瑣碎操心事，也努力讓自己的心靈變得快樂的、富足的、有趣。

《小王子》中的狐狸對小王子說：It is the time you have wasted for your rose that makes your rose so important.（你在玫瑰身上所花費的時間，讓你的玫瑰花變得如此重要。）

《遠去的風景眼前的你》是萬物消失後的存在，是記錄流光的歲月，還有那些紅色的櫻桃，綠了的芭蕉，我都記得。我要感謝陪伴我度過每

一個日子的人和那隻寄居在我身體中的小怪貓，
也要感謝閱讀至此的你，謝謝你讓我的玫瑰變得
如此的重要。

木子
二零一九．春風

香港藝術發展局推介文章

她有一枝神奇的筆？

——點讚木子散文集《遠去的風景眼前的你》

文／張繼春 香港文學促進協會執行會長

香港藝術發展局邀請我為《遠去的風景眼前的你》撰寫推介文章，我欣然從命。於是又將《遠》書文稿重讀了一遍，從而更加深信《遠》書是一本值得點讚，值得向讀者大力推薦的好作品。

幾個月前，在藝術發展局邀我協助評審一批申請出版資助的文學作品時，我已讀過《遠》書中的大部分文章，那時因都是「糊名」作品，尚不知作者是誰。但覺該作品文筆清麗、感情真摯、語言簡樸、描述生動，而這次重讀，又發現該作品有更多的看點。

《遠》書的內容可分為兩部分，前一部分「眼前的你」是一篇追憶余光中教授的悼文。後一部分是三十三篇遊記散文。又分為「遠去的風景」和「給王子」。

「悼文」寫得頗感人。讀時，我的腦海油然浮現出一副鮮明、溫馨的圖景：一位年輕的晚輩謙恭地前往拜望她所崇仰的一代宗師余光中教授。氣度儒雅的余教授熱情地與晚輩一句一句的讀詩，一筆一畫地為晚輩的新作題寫書名。那影像是如此真切，恍如視頻或影片，不斷地在我眼前播映。想不到文字的描述竟能產生如此的效果。我頗感奇怪：難道作者有雙能施魔法的手？

遊記則寫得頗有特色。讀遊記時，我被那有聲有色、有氣味、有實感的描述所吸引，彷佛親臨其境。我越加疑惑：莫非作者手中有隻神奇的筆？

於是，我在《遠》書文稿中細心探尋，終於發現了更多的秘密。作者不僅有一枝神奇的筆，會施魔法的手，還有一雙銳利的眼睛和特別敏銳的嗅覺。同時更有一顆熾熱的、真誠的心。不信？當你看完以下我為《遠》書點讚的四大看點之後，便知道我所言非虛了。

感情真摯　筆觸細膩

看點一：感情真摯，筆觸細膩。

劉勰在《文心雕龍．情集》中說：「情者文之經」。「情」可以說是文學作品的靈魂。唐代劉禹錫有一句名言：「山不在高，有仙則名；水不在深，有龍則靈。」文學作品中的「情」就是山中的「仙」，水中的「龍」。

「悼文」之所以感人，正是因為文中滿溢着一道暖暖的「情」的洪流。「悼文」抒寫了作者「從小讀先生的詩」，對先生傾心仰慕之情；寫了「渴望」拜見先生，特地請朱國能教授「引路」的殷殷之情。更多的是詳盡地描述了兩次「面對面」「聆聽」先生「教誨」感到「幸福無比」的欣喜之情和先生對晚輩諄諄教導的關愛之情，以及獲悉先生逝世消息時「錐心之痛久久不能平息」的悲痛之情。

作者滿懷深情，將「情」委婉地娓娓道來，

不疾不徐，筆觸細膩，語言簡樸，毫無誇飾。而恰恰是這些樸實的文字，悄悄地、深深地打動了我的心。當然，你也可以把這一神奇的現象，歸功於作者手中的那枝神奇的筆。

觀察入微抓住特徵

看點二：觀察入微，抓住特徵。

說作者有一雙銳利的眼睛，一點也不誇張。讀了她的遊記，你會發現，她往往能見人之所未見。同時，她還有一招「擒賊先擒王」的本領，善於抓住不同地域的特點，不同景物的特色，不同人物的特徵。例如：面對一片荒涼的沙漠，人們大都覺得單調、乏味，沒什麼好看，沒什麼可寫，可是在作者眼裏，沙漠卻別有一番風景。她不僅發現沙漠有各種波紋，還看出沙漠有不同的顏色。她為沙漠繪畫了這麼一幅彩圖：

「……沙漠有着美麗的波紋，波紋像樹葉的脈絡有序地排列着，幾張大的黃葉重疊在一起，交錯、纏綿、彼此覆蓋着。沙漠的顏色並不單調，金黃、米黃、土黃，色澤清晰又互相交融。或偏紅、或偏黃、或偏金，層次分明，形成了山川一樣高高低低的線條。……」（《飛

往開羅》）

沙漠的星空在作者筆下儼然是奇妙無比的美景：

「仰望天空，荒蕪的沙漠被星星所籠罩，天空變成了一塊深藍色的天鵝絨幕布。這天鵝絨是有層次和質感的，用眼睛去撫，順的一面顏色深了，反的一面顏色就淺了。你甚至可以感覺到它的柔和、滑軟。天鵝絨的幕布裏鑲嵌着一顆顆巨大而耀眼的鑽石……那麼低、那麼亮、那麼美、那麼眩目，真實的存在着並不真實的美。」

（《天階夜色》）

作者又是如何描寫阿拉伯女子的外貌特徵和衣着打扮呢？

「她們的睫毛又長又翹，眼睛大、眼珠黑，鼻梁筆挺，輪廓分明。全身披着布爾卡（burka），頭也嚴嚴實實地包起來，衹露出美麗的大眼睛。」（《神話》）

觀察細緻，又能抓住特徵，因而作者的景物描寫大都十分鮮明、生動，有特色。

有聲，有色，有氣味

看點三：有聲，有色，有氣味

人們常用「有聲有色」來形容文字描寫生動逼真。作者的景物描寫不單有聲有色，還有氣味，甚至描述了身上某些器官與外界環境接觸的感受，寫得活靈活現。這種全方位的描寫手法，不僅是把讀者帶到圖畫前，引導他們欣賞圖中美景，而是把讀者帶進圖畫中，令他們親臨其境。

莫言在巴黎法國國家圖書館的演講《小說的氣味》中說：「我喜歡閱讀那些有氣味的小說。我認為有氣味的小說是最好的小說。能讓自己的書充滿氣味的作家是最好的作家。」莫言在這裏固然說的是小說的氣味，但我覺得也適用於散文，尤其是遊記，有氣味的遊記更能引人入勝。作者筆下有聲有色有氣味的描述不勝枚舉，俯拾即是：

「那女子穿着沙麗，粉藍和碧綠的碎花飄逸在潔白的空間，脚鈴留下一長串的叮咚……叮咚叮咚、叮叮咚咚……墓內光綫昏暗，涼風陣陣，牛乳的氣息在空氣中飄揚……」（《愛情之墓》）

「黑色布爾卡包裹着誘人的胴體，飄散着濃郁的香味。各種不同的香氣在出入境冰冷的空間中，留下一長串百花的氣息……」（《神話》）

有些段落更真實地描述了在不同環境中的特

別感受。例如：

「……到後來就累到腦子裡一片空白。所有的腳臭味、汗水味、呼吸味、香水味，黃皮膚、黑皮膚、白皮膚的味道都混合在一起……大家都累得祇剩下喘息聲，呼哧呼哧地一直走到大金字塔的中心。」（《金字塔前的一小時》）

「……在夕陽的變化下顯現着不同層次的紅。……風是暖暖的，似有似無的觸及着肌膚，軟軟的直入心坎。潺潺的流水叮叮咚咚，如陣陣私語在耳邊呢噥。帶着苦澀橄欖的空氣……」（《逢魔時刻》）

內容生動手法多變

看點四：內容生動手法多變

作者的遊記有其特有的風格：清新、簡樸。內容生動，有新意，有深度。她手上的那枝神奇的筆，善於撲捉有趣的、獨特的、有意義的及發人深思的題材。雄偉的景觀、異國風情、感人的故事等，都在她筆下開出朵朵燦爛的花兒。有些比較特別的突發事件，又都有或詳或簡的記述。例如：在金字塔前如何急救了一個法國老頭，在法國的香榭麗舍大道如何被一個「打扮優雅、舉止迷人」，「聲音無比的溫柔和磁性，緩慢而低沉」的「紳士」偷走了錢財，在埃及火車站的月台上目睹一對情侶如何雙雙跳軌自殺等。

遊記的寫法最忌雷同，也最易雷同。《遠》書的遊記散文，其寫作手法多變，結構十分靈活。有的着力於描繪美麗的景色；有的踟躅徘徊在歷史的廢墟中；有的從一顆眼淚引出耗盡國力建造的愛情陵墓；有的沿著生命之河去探索埃及人的人生觀；有的以詩歌的形式抒寫潛水時邂逅黑鯊魚的險情；有的以擬人的手法描述美麗的傳說；有的從世界名畫入手，有的以人人伸手要小費的鏡頭做結。最有創意的是，有一篇遊記寫作者一邊等車，一邊構思小說的情節，一實一虛，虛實並行，煞是有趣。

此外，作者還善於運用「文化鏈接」這一妙招來提升、充實遊記的內涵和意蘊。所謂的「文化鏈接」，是指將相關的文化名人、文學著作、歷史故事、古典詩詞等與旅程及景觀鏈接起來，從而大大拓展旅程的時空，令景觀更加豐滿，更富有文化意蘊，也令遊記更精彩、生動，更有散文味兒。這一妙招如果用得好，有畫龍點睛，點石成金的功用。看！在本文集中，作者的手輕輕一招，便招來了玄奘、荷馬、希羅多德、泰戈爾、雨果、海涅、沈從文、村上春樹等文化名人，引出了杜牧、蘇東坡、海涅、徐志摩等詩人的名句；她的筆輕輕一點，便點出了《一千零一夜》、《大唐西域記》、《伊利亞特》、《奧德賽》（木馬屠城）、《悲慘世界》、《尚書》、《沈從文的鳳凰城》《海涅詩集》、《1Q84》等文學名著和阿里巴巴、芝麻開門等故事。

看了以上四個看點的介紹，你是否相信木子有一枝神奇的筆？

鳴謝

香港藝術發展局
Hong Kong Arts Development Council 資助

香港藝術發展局全力支持藝術表達自由，本計劃內容並不反映本局意見。

兩岸四地文學名家聯袂推薦

她的文章將永遠牽動你的記憶，你的詩情，你的思戀。一個好作家，她的至情文筆，不就是這種奇異的效果嗎？

——著名作家 文學評論家

劉再復教授

木子以最清澈的文字、最詩意的筆法全面演繹了大千萬物。

——國際詩人筆會主席

張詩劍先生

那影像是如此真切，恍如視頻或影片，不斷地在我眼前播映。想不到文字的描述竟能產生如此的效果。我頗感奇怪：難道作者有雙能施魔法的手？

——香港文學促進協會執行會長

張繼春先生

生命的意義在於體驗。與心靈為伴，開始一段簡單的旅行，回到最簡單的狀態，並把它記錄下來，這樣就成就了木子生命中的獨一無二。

——世界漢學研究會會長　木齋教授

離開是為了更好的回來。這不是一部旅遊指南，而是發人深思的美文。要看風景，可以涵泳其中，細細品味。人在旅途，不斷思考，不斷比較，我城之優劣盡在其中。回來以後，總會發現旅途上的收穫。我們不必是柳完元，讀畢本書，「然後知吾嚮之未始遊，遊於是乎始」，讓人重新思考旅遊的意義。

——香港中文大學
潘銘基教授

布封說：風格即人。這話用于解讀

木子十分貼切：其文其人皆「溫婉清麗」，一人一景一事一物，娓娓敘述，絕無夸飾；日常生存、凡人故事，自然而然、撩撥心弦。能打動人的作品算是有力量的作品，但這力量源于善良、樸實、敏感而又誠懇、內斂的心。

——聯合電子出版有限公司總經理
陳鳴華先生

《遠去的風景眼前的你》中的許多景物或故事，好像隨手拾起，但字裡行間處處閃爍着錘煉的火星。對細節的生動描繪，投射出對生活的入微觀察。功力與風采隨處可見。

——北京師範大學
陳藩庚教授

流暢、平和，文字也好，很輕鬆，沒有那些沉重的議題與期望，很適合喝咖啡、吃甜點、聽着音樂，一邊跟着文字的心情領略異鄉的故事。對我而言，很享受的閱讀時光。

——台灣作家
巴代先生

詩情畫意的行文方式老練多變，靈性十足的所思所悟妙筆生花。作者的思維真實地流動在文筆中，給讀者以啟發和思考。是一本適合各年齡層閱讀的好作品。

——西班牙馬德里大學
羅慧玲教授

在我數百簽約作家中，木子是特別的存在。對於咖位高企的各業，她習尊為神：給她題書名的「余神」，為她作序的「劉神」，作為她的經紀人和操盤人同時也是寫家的我則謂為「丹神」。如果我等神通堪與封神，則木子不妨以仙相謂。是的，木子其文在明白曉喻之外比別人多了一層「仙」氣，也正因此，文壇大宿中堅都在交好其人、品味其文的過程中趣味曬然。

——IP操盤人、丹飛文學獎創始人
丹飛

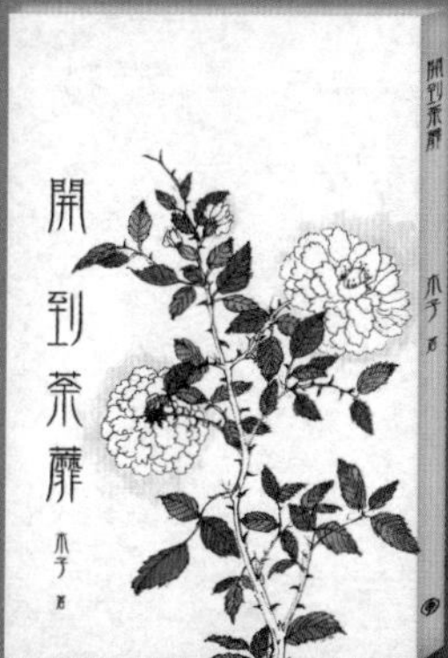
開到荼蘼
木子 著

香港媒體報導：小說《開到荼蘼》高度集中和濃縮了香港社會。不同的故事都在書寫香港人的緊張和忙碌，探索人性種種。作品猶如打開的速記本，運用短小的篇章，展現小說人物的生活片段。人浮于世事中，猶如永不停止的工蟻。小說浮光掠影般的景像，運用「匕首般的文字」呈現了人性的詭异感、美麗的毀滅感。港臺著名作家、文化藝術評論家李默小姐認為：《開到荼蘼》是貼地觀察和生活趣味所產生的靈感，其每一篇小說都可以成為電影和舞劇的文本。《香港作家》總編輯、香港著名作家兼文學評論家蔡益懷先生表示：木子的文路很廣，現實的、奇幻的、都市的、鄉土的、白領麗人的、草根苦命女子的……都在她的視野中，都是她觀照、審視、表現的對象，而且形式多樣、手法多變。幾乎，她寫一篇就是一篇的筆調，不拘一格，好多故事都是在不經意中帶出意想不到的「發現」，給人閱讀的興味，品味的回甘。

書名：遠去的風景眼前的你
策劃：拇指工作室
作者：木子
插畫：德文
美術設計：羅浩珈
封面設計：徐莉娜 德文
出版：人文出版社（香港）公司
地址：香港荃灣沙咀道362號全發商業大廈20樓2002室
傳真：+852-35211101
網址：http://www.hphp.hk
電郵：info@hphp.hk
出版查詢：+852-35211710
出版日期：2019年8月
圖書分類：散文遊記
國際書號：978-988-79251-5-6
承印：中華商務聯合印刷（廣東）有限公司
定價：HK$96 NTD$380 RMB￥85

發行商：香港聯合書刊物流有限公司
地址：香港新界大埔汀麗路36號中華商務印刷大廈3字樓
電話：852-21502100
傳真：852- 24073062

台灣總經銷：貿騰發賣股份有限公司
地址：新北市中和區中正路880號14樓
電話：886-2-82275988
傳真：886-2-82275989
網址：www.namode.com